Karl Hobrecker

Alte vergessene Kinderbücher

Nachdruck der Ausgabe von 1924

Herausgegeben von Hubert Göbels

Harenberg

Die Vorlage für das hier nachgedruckte Werk stammt aus der Kinderbuchsammlung Hubert Göbels.
Die Anordnung der farbigen Seiten folgt dem Original. Wie im Original, so blieben auch in diesem Nachdruck die jeweiligen Folgeseiten unbedruckt.

Die bibliophilen Taschenbücher Nr. 287

Gesamtherstellung: Druckerei Hitzegrad, Dortmund
Printed in Germany

Zum 30.8.90

Die von Karl Hobrecker zusammengetragene historische Kinderbuchsammlung umfaßt etwa 12 000 Bände, die heute in Braunschweig und zu einem kleinen Teil in Frankfurt aufbewahrt werden. Sein «Werk, das von guten anspruchslosen Dingen, wie sie in die Bücherschränke der Kinderstube gehören», berichtet, gibt einen Einblick in die alte und ältere deutsche Jugendliteratur und ist ein wichtiger Beitrag zur Geschichte der Kinder- und Jugendliteratur.

Prof. Dr. Hubert Göbels, der für «Die bibliophilen Taschenbücher» bereits mehrere Bände erarbeitet hat (u. a. die dreibändige Bibliographie «Alte Kinderbücher», vgl. Bde. 123, 196 und 265), kommentiert und erläutert den vorliegenden Nachdruck der ersten Ausgabe von 1924.

Vielleicht kannst Du hierdrin sogar noch "Anstöße" finden ... Oder es wird zu einem Freizeiterlebnis, das nicht fernab der Studienwelt liegt.

Auf jeden Fall wünsche ich Dir mit den Kinderbüchern eine schöne Zeit.

herzlichen Glückwunsch Ute

Inhalt

Alte vergessene Kinderbücher

O Gott und Vater, dein Gebot
Sei uns in's Herz geschrieben:
Den Aeltern soll man bis zum Tod
Gehorchen, und sie lieben.

Alte vergessene Kinderbücher

von

Karl Hobrecker

1924

Mauritius-Verlag
Berlin

Dem
Andenken
meiner Mutter
gewidmet.

Vorwort

Dies Buch soll keine Literaturgeschichte sein. Eine ganz ausführliche, gründliche Abhandlung über das deutsche Kinderbuch würde viele Bände vom Umfange dieses einen füllen. Wir besitzen ein solches Werk noch nicht, obwohl mehrere Versuche dazu gemacht wurden. Sie geben zwar ein reiches Material, das aber nur für pädagogische Zwecke bearbeitet wurde und diesen auch genügt. Zahlreiche kleinere Aufsätze über unser Thema, gesondert oder in Zeitschriften erschienen, nehmen fast immer nur Rücksicht auf die großen bildenden Künstler und lassen den Text und das Äußere der besprochenen Kinderbücher unbeachtet. Andere wieder können in den Grenzen ihrer Aufgabe nur scharf umrissene Ausschnitte vom Ganzen bringen, die Bibliographien nur nüchterne Titel aufzählen. Unbefangene Freude am kindlichen Buch, selbst dann, wenn es weder Kunstwerk noch Ewigkeitswert darstellt, ist in solchen Veröffentlichungen selten zu finden. An den unbeeinflußten Laien, an alle, die sich harmlosheiter der jugendfrohen Muse widmen wollen, wenden sich nur ganz vereinzelte kurze Abhandlungen.

Wir vermissen ein handliches, anspruchsloses Werk, das von guten, anspruchslosen Dingen, wie sie in die Bücherschränke der Kinderstube gehören, mehr plaudert, als es sie wissenschaftlich registriert — ein Werk, das sich an die Mütter und Väter in erster Linie wendet, aber auch an alle Leute, die sich noch ihr einfaches Gemüt in diese unruhige Zeit hinübergerettet haben.

Verstehst du, dich kindlich am Kleinen zu freu'n,
Wird täglich und stündlich dein Glück sich erneu'n!

Dieser alte Spruch soll der Grundgedanke des vorliegenden Buches werden. Nicht die Gelehrsamkeit soll hier auf hohem Kothurn einherschreiten, tiefgründige Vollständigkeit läßt sich auf diesen Seiten nicht erreichen. Alles, was hier in Wort und Bild vorgeführt wird, ist auf Grund eigener Anschauung und jahrelanger Beschäftigung mit dem Gegenstande als besonders wesentlich sorgsam ausgewählt worden. Wie die Kinderbuchsammlung, aus der diese Veröffentlichung hervorgeht, von allem Erreichbaren nur das Beste und Beachtenswerte bewahrt, so sollen hiervon wieder nur Proben des Charakteristischen gegeben werden. Wo es nur angeht, kommt neben allgemeiner Naturgeschichte der Jugendschriften das Buch selber zu Worte.
So läßt sich, hoffentlich, im engen Rahmen doch das Bild der Gesamtheit ohne allzu große Lücken, namentlich aber ohne alle Pedanterie, wie im scharfgeschliffenen Spiegel zusammenfassen und zu einer allgemeinen Übersicht abrunden, die von den frühesten Zeiten bis ins 7. Jahrzehnt des vorigen Jahrhunderts reichen soll.

Karl Hobrecker.

Der Abc-Schütz

Am Anfang war das Abc-Buch. Es legte zu all unserer Weisheit den Grund, von dem aus wir uns mit den Jahren über Kinderverschen, moralische Erzählung und Indianergeschichte bis zum dickleibigen Robinson durcharbeiteten. Einen ganz ähnlichen Entwicklungsgang hat die Jugendliteratur genommen.

Die Geschichte des Kinderbuches verliert sich nicht in ungewisse Fernen, ein Jugendschrifttum im eigentlichen Sinne besteht erst seit knapp 150 Jahren. Um so verwunderlicher ist es, daß dann, zu Ende des 18. Jahrhunderts, die systematische Versorgung der Jugend mit Unterhaltungslesestoff gleich als eine nicht einzudämmende Hochflut über Klein und Groß hereinbrach.

Woher kam dieser plötzliche literarische Überfluß? Wie entstand er? Und was gab's früher zu lesen? Es mußte doch auch schon vor 1770 eine geistige Nahrung für die kleinen Schriftgelehrten vorhanden sein!

Ganz aus sich selbst ist die Jugendliteratur natürlich nicht hervorgegangen, und es bleibt uns unbenommen, sie vom kleinen Lesebuche oder von den Schriften für die großen Leute abzuleiten. Ich halte jenes für den Vater und glaube, die erwachsene Literatur hat nur Pate gestanden.

Der Leseunterricht muß mit der Kenntnis des Alphabets, d. h. der einzelnen Buchstaben, beginnen. Ob die Kinder sie an der großen Wandtafel lernten oder von kleinen Täfelchen ablasen, die sie an einem Griffe in der Hand hielten, mag von Landesbrauch und Sitte abgehangen haben. In dem zuletzt genannten Hilfsmittel hätten wir die früheste Form der Fibel, die einfachste, primitivste Art des Lesebuches zu sehen. Sie erläutert uns auch den Titel der ältesten gedruckten Fibeln: Abc-Täflein, Teutsche Kindertafel, Tafelbüchlein usw. Sie werden ferner, vielfach noch in später Zeit, Namen- oder Stimmenbüchlein genannt, wohl nach dem Chorus der kleinen Lernbeflissenen. Diese ersten Lesebücher enthielten nur wenige Blätter, waren aber schon mit schönen Figuren geziert, um dem Kinde auf die Sprünge zu helfen. Ein knurrender Hund bezeichnet das R, die zischende Schlange das S. Auch der in allen Abc's unentbehrliche Aff findet sich schon frühzeitig, aber nicht beim A, sondern beim ff. Unter den groben Holzschnitten stehen die abzulesenden Silben und

Aus Jacob Grießbeutel, Stimmenbüchlein, Nürnberg 1531.

Worte: Stahl, Stef-fan, Stif-fel, Stof-fel, Stupf-feln, auch wohl ganz sinnlose Übungen. Das Abc in großen und kleinen Buchstaben macht den Anfang, Zahlen, Gebete und die zehn Gebote bilden den Beschluß. Das Format ist sehr klein, die Lesesätze sind einfach und derb, wie des Büchleins Holzschnitte. Da finden wir die lapidaren Kernsprüche: Auff Gott hoff und trau. Bocks Blut das ist gut. Das thu mir nit bey leyb. Fahr hin wo du wilt. Halt still das pferdt beyßt. Leuß und Flohe hab ich. Paur du kumst zu spat. Es ist doch nichts ewig.

So lesen wir's Anno 1531. Silbenlesebücher soll es aber schon handschriftlich zu Anfang des 15. Jahrhunderts gegeben haben — gewiß auch früher. Sie unterschieden sich nicht sehr von den ersten Abc-Drucken Nürnberger und Augsburger Herkunft, wie das früheste Lern- und Lesebuch des Kindes sich durch Jahrhunderte nur wenig veränderte. Es wird äußerlich ansehnlicher, in Druck und Bild besser, aber der Inhalt bleibt noch lange derselbe,

und unsere schönen Fibeln von heute gehen durchaus auf jene alten zurück.
Leider sehen wir uns in den jetzt gebräuchlichen vergeblich

Der Wind wehet. Der Fuhrmann ruft. Der Frosch quatet.

nach den naiven Versen um, unter deren Begleitung früher alle Buchstaben sich vorstellten. Das Nashorn ist sehr plump und groß / Es nennt sich auch Rhinozeros.

Die Gans gakket. Das Küchlein pipet. Der Esel hanet.

Noch aus dem Ende des 19. Jahrhunderts haben wir Fibeln, die ganz auf diesen lyrischen Ton gestimmt sind. Ein Säkulum früher, nämlich 1788, finden wir in einer

Der Mund hauchet. Der Kukuk kuket. Die Bremse summst.

Fibel den Spruch: „Quäle nie ein Thier zum Scherz / Denn es fühlt wie du den Schmerz."
Sollte diese wirklich goldene Sittenregel hier etwa zum ersten Male stehen?

Berliner Fibel
aus der Mitte des 18. Jahrh. mit dem für alle Fibeln charakteristischen Hahn, der als Sinnbild des Frühaufstehens und Fleißes galt.

Der etwas sagenhafte Johann Ballhorn soll seinen un-guten Ruf daher haben, daß er eine Fibel durch Hinzu-fügen der Doppellaute und anderer Überflüssigkeiten „ver-besserte". Kortum läßt in seiner Jobsiade einen ähnlichen Frevel begehen. Hier ist es Jobs als Dorfschulmeister, der dem traditionellen, die Kinder zum Schulgange wecken-den Fibel-Hahn die Sporen nimmt und dafür ein Ei unterschiebt. Die Bauern wollen aber keine Neuerungen, und die Fibel bleibt, was sie gewesen.

Man sieht wohl, dies Buch, das uns Kulturmenschen den Zugang zu allen Schätzen des Wissens vermittelt, wurde überall und zu allen Zeiten gewürdigt. Friedrich Hempel hat Anno 1809 gar ein zweibändiges Opus geschrieben: Nachtgedanken über das Abc-Buch, das sich über den Fibelversen aufbaut. Im Vertrauen gesagt — ich glaube, daß er selbst der Verfasser jener Strophen ist, die sich eine beinahe klassische Berühmtheit erhalten haben.

Der Affe gar possirlich ist,
Zumal, wenn er vom Apfel frißt.

Ist das nicht einer wirklichen Fibel entnommen, so ist es doch sehr gut in gleichem Geiste erfunden.

Die schlaue Katze frißt die Mäus,
Der Kamm herunter bringt die Läus.

Welch schlichte Selbstverständlichkeit in diesen einfachen Worten!

Dann gibt's wieder Verse, die etwas parodiert klingen:

Die Kloster-Nonne thut viel Buß',
Ein'n Nagelbohr man haben muß.

Glas.
Katzen.
Kuh.
Himmel.
Schuh.
Stiefeln.
Rock.
Weste.
Stock.
Bäuche.
Stube.
Sterne.
Bube.
Mädchen.

Auch Jean Paul Friedrich Richter hat sich dieser Verse angenommen, und, vom ersten Lesebuch inspiriert, in einem seiner schönsten Werke die Entstehung der Fibel mit dichterischer Freiheit geschildert. Er läßt ihren Verfasser, vom Genius beflügelt, herrliche Schöpferfreuden erleben.
„Er schrieb das Abc in schöner Kanzleischrift, lustig und ungestört herab. Zwischen alle schwarzen Buchstaben steckte er rote auf, um allgemeine Aufmerksamkeit zu erregen; daher die meisten Kinder Deutschlands sich noch der Freude entsinnen, mit welcher sie aus den schwarzen die rot gekochten wie gahre Krebse herausfischten und genossen."
Geläufiger als Jean Paul sind uns heute Wilhelm Buschs Fibelverse vom Münchener Bilderbogen:

Die Lerche in die Lüfte steigt,
Der Löwe brüllt, wenn er nicht schweigt.

Der Walfisch stört des Herings Frieden,
Des Wurmes Länge ist verschieden ...

Die Nachtigall singt wunderschön,
Das Nilpferd bleibt zuweilen stehn.

Aber das führt uns eigentlich schon vom Lehrbuche ab, und vom Abc als Bilderbuch, dem mehr unterhaltenden Werke, soll hier nicht die Rede sein. Unsere großen Künstler haben es illustriert, unsere bedeutenden Autoren ihre Texte dazu geschrieben. Später einmal davon! Hier haben wir es zunächst nur mit den eigentlichen Lesebüchern zu tun.

Es läßt sich allerdings darüber streiten, ob diese zur eigentlichen Jugendliteratur gehören, doch ist da eine Grenze schwer zu ziehen. Einen Donat, ein lateinisches Vokabularium, wird man nicht dazu rechnen. Aber der erste Orbis pictus des Comenius, von welchem noch die Rede sein wird, ist weiter nichts als ein Lexikon, dabei zweifellos ein Schul- und Lehrbuch, und doch darf es hier nicht fehlen. Jedenfalls bleibt es anregend genug, zu verfolgen, wie das eine ins andere übergeht.

Auf die Fibel folgte der Katechismus, sobald die ersten Schwierigkeiten überwunden waren. Luthers herrliche Sprache ist sicherlich wie keine andere geeignet zur Lektüre der Fortgeschritteneren.

„Wir sol-len Gott fürch-ten und lie-ben, daß wir bey sei-nem Na-men nicht flu-chen, schwö-ren, zau-bern, lü-gen o-der trü-gen —" Man glaubt die hellen Kinderstimmen zu hören, wie sie diese prachtvollen Worte unisono skandieren.

Der Katechismus, in beinahe zentimeterhohen Buchstaben gedruckt und mit plumpen, handwerksmäßigen Holzschnitten geziert, blieb zugleich mit der Bibel Schullesebuch bis zum Jahre 1772. Da erst, also vor nur 150 Jahren, verfaßte Eberhard von Rochow, ein märkischer Junker, sein Lesebuch zum Gebrauche in Landschulen, den „Kinderfreund", 2 Theyle für 16 Kreuzer.

Dies bahnbrechende Unternehmen fällt mit dem Aufblühen aller Jugendliteratur zusammen. Der Kinder-

Die gebräuchlichſte Ordnung der Buchſtaben

A B C D E F G H I K L

a b c d e f g h ij k l

M N O P Q R S T U V

m n o p q r ſ t u v

W X Y Z

w x y z

Selbſtlaute

u o a e i uͤ oͤ aͤ y

Doppellaute

ai ei aͤu eu au

Mitlaute

b c ch d f g h j k l m n p ph

r rh ſ (s) ß ſch t th v w x z

Fibelſeite aus dem Anfang des 19. Jahrhunderts.

Vorm Trachen uns bewahre Gott,
Und trage uns aus aller Noth.

freund Rochows darf aber nicht mit seinem ungefähr gleichzeitigen Namensvetter, dem Kinderfreund Weißes, verwechselt werden. Rochows kleines und doch so bedeutendes Werk ist ein Schulbuch, das andere eine Jugendschrift für den Hausgebrauch. Der wackere Mann war kein Pädagoge und erbarmte sich der in starrem Banne gehaltenen Jugend. Er schuf das erste Lesebuch mit unterhaltenden kleinen Geschichten, das neben einigen religiösen Texten, Gebeten und Liedern in der Hauptsache ganz einfache Erzählungen aus dem Alltagsleben enthielt: Die Mäusefalle, Der Baumsverderber, Allzuviel ist ungesund, Das entdeckte Gespenst. Alle sind natürlich nur moralisierenden Inhalts, und dazwischen gibt es Gespräche lehrreicher Art, wie sie sich fürs Landvolk am besten eignen.

Aus diesem Schullesebuche entwickelten sich zahlreiche andere, von denen das von F. P. Wilmsen — die erste Auflage 1802, und 1834 die 26ste — einigen Ruf er-

Der Vogelsteller früh aufsteht,
Er fragt nicht ob die Uhr recht geht.

langt hat. Wilmsen, ein auch sonst fruchtbarer Jugendschriftsteller, lieferte für sein Buch, gleich Rochow, wohl nur eigene Texte, während Andere gute Lesestücke verschiedenster Herkunft aus Klassikern und volkstümlichen Dichtern zusammentrugen. Diese Männer folgten Eberhard v. Rochow in der Erkenntnis, daß kindlichem Sinn auch kindliche Lektüre not tat. Das Lesen ging lustiger und damit leichter vonstatten; es wurde demgemäß auch nach der Schule, und gewissermaßen zum Vergnügen betrieben.

Der Anfang zur Jugendliteratur war gemacht, und es folgte eine Flut neuer, ähnlicher Bücher, die nicht mehr in der Schulstube, sondern in den Freistunden gelesen wurden. Was es früher davon gab, können wir nur als vereinzelte Vorläufer bezeichnen, und von diesen soll erst später gesprochen werden.

Aber zunächst sei noch ein rechtes altes Fibel-Buch aus dem Jahre 1788 vorgeführt.

Ein sitzender Affe zeiget auf eine Tafel.

A a

Der Affe sagt zu allem Ja,
Sein ganzes Wissen ist das A.

Ein Bäcker, welcher Brod aus dem Ofen zieht.

B b

Laß Dich die Wissenschaften laben:
So wirst Du Brod im Alter haben.

Einige Engel, und ein Feld, wo Hirten hüten.

C c

Dein Herz sey engelrein, und üb' im Guten sich:
So lieben Gott und Menschen Dich.

Ein Dieb entflieht aus Furcht vor Schlägen.

D d

Was Du gefunden hast, gieb an den rechten Mann.
Als wenns gestohlen wär, sieht man es sonsten an.

Eine Frau nimt den Enten ihre Eyer weg.

E e

Von einer Ente kömt das Ey:
Rath, was von beyden älter sey.

Eine sitzende Frau wärmt sich am Feuer.

F f

Wen jung schon Fleiß und Tugend zieren,
Der braucht im Alter nicht zu frieren.

Eine aus dem Waſſer geſtiegene Gans, welche graſen will.

G g

Iß und trink mit Maaß und Freuden:
Uebermaaß muß Schmerzen leiden.

Ein laufender Haaſe und ein angelehnter Küras.

H h

Leg früh der Tugend Harniſch an,
Und wandle ſtandhaft Deine Bahn.

Ein Jäger und ein Iltis, der ein Huhn beißt.

I i

Quäle nie ein Thier zum Scherz;
Denn es fühlt, wie Du, den Schmerz.

Ein gekrönter Herr, neben ihm eine Katze.

K k

Wer artig und vernünftig ist,
Der meidet Keifen, Zank und Zwist.

Eine vom Lorbeerbaum fliegende Lerche, die Morgenröthe.

L l

Lern Deine Leidenschaft besiegen,
Es schaft Dir Ruhe und Vergnügen.

Ein Mohr, der sich wäscht, und eine Larve.

M m

Vergebens wäschet sich der Mohr,
Denn er bleibt schwarz. Der Thor bleibt Thor.

Eine arbeitsame Nonne, neben ihr ein Nadelkissen.

N  n

Fleiß und Kunst liebt jedermann:
Hast Du Arbeit, frisch daran!

Ein zum Opfer geführter Ochs, ein Altar und Priester.

O  o

Nicht Opfer fordert Gott der Herr;
Ein frommer Sinn ist ihm gefälliger.

Ein Pauker zu Pferde, hinter ihm einige Reuter.

P  p

Die Pferde zähmt Zaum und Gebiß,
Den Buben ist der Stock gewiß.

Ein Reisender geht nach einem entfernten Hause.

Q q

Laß nie den Müßiggang Dir Deine Zeit verzehren:
Der Faule komt zu nichts, der Fleißige zu Ehren

Der Rabe läßt den Käse fallen, unter ihm der Fuchs.

R r

Nimm Dich vorm Listigen in Acht:
Er ist auf Schaden stets bedacht.

Ein Schwein im Koth, au der Wand einige Schinken.

S s

Mehr, als das allerschönste Kleid,
Schmückt und gefällt die Reinlichkeit.

Eine Taube, die nach einem Thurm fliegt.

Die Taube liebt das Tages-Licht.
Der Fromme scheut den Richter nicht.

Ein Vogelsteller beym Vogelfangen, und eine Sanduhr.

In seine eigne Schlingen fällt
Oft der, der andern Netze stellt.

Ein Wald, wohin der raubende Wolf läuft.

Mache Dich beliebt; thu allen,
Was erlaubt ist, zu gefallen.

Ein Rechenbrett, woran Zahlen ausgestrichen werden.

Edler Fleiß und wahre Tugend
Sind der beßte Schmuck der Jugend.

Ein Ygel und eine Staude.

Den Ygel schützt zwar sein Gewehr,
Doch schützt des Menschen Hand noch mehr.

Ein Wald, worin ein alter Mann und Knabe.

Willst Du im Alter ruhig seyn,
So sammle in der Jugend ein.

Die Anschauung

Beim Lesen allein entwickeln die Sechsjährigen noch keine Ausdauer. Unsere Kinder sind mitten im Spielalter, wenn wir sie in die Schule schicken, ihnen die Weisheit spielend beizubringen, liegt deshalb nahe. Es braucht hier nur daran erinnert zu werden, daß man z. B. auch das Abc aus Lebkuchenteig backte, und so den Kleinen die Kenntnis der Buchstaben auf angenehmstem Wege einverleibte. Das war der Anschauungsunterricht in seiner genießbarsten Form, wie ihn Basedow anwandte.

Auch die Fibel verzichtete ja selten auf anschauliche Bilder, und ihre Praktiken machte sich der berühmte Schulmann Amos Comenius zunutze. Im Jahre 1658 erschien sein unsterblicher Orbis pictus, den wir zu den frühesten Kinderbüchern rechnen dürfen.

Das einflußreiche, immer wieder nachgeahmte Werk fußt,

wie wohl als allbekannt vorausgesetzt werden kann, ganz auf dem Lernen durch das Bild. Es bringt alle Gegenstände des täglichen Lebens, aber auch die übersinnlichen, in einfachen, rohen Darstellungen auf mehreren hundert Tafeln von Kartenblattgröße mit in den Holzschnitt gesetzten Nummern. Darunter stehen die Erklärungen in drei Reihen, lateinisch, deutsch und als Vocabularium, nebeneinander. Ein lateinisches und deutsches Inhaltsverzeichnis macht das Ganze für den Gebrauch noch praktischer. Das Werk ist handlich in Oktav gedruckt, ein ziemlich dicker Band, in dem nun alles abgebildet war, was es gab im Himmel und auf Erden. Sogar das höllische Feuer war nicht vergessen. Die Vorrede sagt deshalb stolz: „Hier findet man alles, was einem Menschen zu wissen nötig und unentbehrlich ist", und sie eifert dagegen, daß man die edle Jugend, die beste Kraft des menschlichen Lebens, nur mit mageren Worten abspeiste. Weit angenehmer sei das werkliche Beispiel oder das bildliche! „Der Unwissenheit Arzneimittel ist die Kunst und Wissenschaft", heißt es ferner, „das Büchlein aber diene dazu, die Aufmerksamkeit der Jugend auf die abgebildeten Sachen zu ziehen, die Weisheit spiel- und scherzhaft zu fassen."

Auch der Orbis pictus enthält noch eine fibelähnliche Einleitung von den Stimmen der Tiere, mit Abbildungen, wie wir sie in vielen alten Lesebüchern finden. Im übrigen ist er mehr ein Bilderbuch oder ein Lexikon, denn zusammenhängende Texte bringt er nicht.

Viele Menschenalter hindurch erneuert, abgeändert, verbessert, bildet der Orbis pictus ein Kapitel für sich in der Geschichte der Jugendliteratur. Im Jahre 1768 veröffentlichte Joh. Basedow seine Schriften über untheologische Schulbücher, in der er das Erscheinen seines berühmten Elementarwerkes ankündigte. Dieses selbst folgte 1770—74, vier Bände Text und 96 Foliotafeln nach Chodowiecki und anderen Meistern in feinstem Kupferstich umfassend. Es kostete 12 Thaler.

In diesem Bilderatlas, auch einer Art Anschauungsbuch, haben wir das erste wirklich künstlerische Erzeugnis für die Jugend zu sehen.

Das ganze Werk schließt sich dem Vorbilde des Comenius in vielen Stücken an, gibt aber die Erklärungen der im Bilde vorgeführten Gegenstände und Begriffe nicht in kurzen Sätzen, sondern in zusammenhängendem Text, der teils für Lehrer, teils auch für die Kinder selbst bestimmt

Chodowiecki. Aus Basedows Elementarwerk 1770 Reitunterricht.

wurde. Schon 1779 war die ganze Auflage vergriffen, heute gehört es zu den kostbaren und gesuchten Büchern der Bibliophilie.

J. S. Stoy, Professor der Pädagogik, gab 1784 seine Bilderakademie für die Jugend in 54 Kupfertafeln und 2 dicken Bänden Text heraus. Das in Nürnberg erschienene Werk ist im Ton ansprechender als das Basedowsche, das sich auch mit der höheren Philosophie befaßt und dem jungen Volk Weisheitslehren zumutet, vor denen es selbst Erwachsenen schaudert. Der gemütlichere Stoy wendet sich in einfacher Form lieber der Erzählung als der Abhandlung zu. Er berichtet über die Erschaffung der Welt, die Naturreiche, die biblische Geschichte, untermischt seinen gefälligen Vortrag mit Fabeln und kleinen Lesestücken, die er geschickt mit den testamentlichen Er=

Chodowiecki. Aus Basedows Elementarwerk 1770 Reitunterricht.

eignissen zu verbinden weiß und läßt alles durch ungefähr dieselben Künstler, wie sie Basedow hatte, bildlich begleiten.

Ein drittes Elementarwerk, ebenfalls mit Kupfern Chodowieckis, verdanken wir dem Schnepfenthaler Schulweisen Christian Gotthilf Salzmann (Leipzig 1782), dem wir späterhin noch begegnen werden. Es ist noch mehr für Lehrer als das Basedowsche bestimmt.

Schon diese drei Bücher zeigen uns deutlich, wohin es nun ging: ins lehrhaft Moralische, in ein trauriges Ödland. Unendlich viel ist auf dem Wege an den Kindern gesündigt worden, von Anbeginn bis heute. In jedem Jugendschriftsteller scheint ein Hauslehrer zu stecken oder eine Gouvernante, Ausnahmen davon sind ganz selten. Zunächst jedenfalls gaben die Philanthropisten nichts anderes als überzuckerte Weisheit, und da sind mir denn doch solche Bücher noch lieber, die dem lernbegierigen Alter schlichtweg, aber in munterem, kindlichem Tone, aus Geschichte, Naturkunde und Sittenlehre auftischen, ohne sich dabei hinter der Erzählung zu verstecken.

W

Unterhaltsame Lehrbücher

Carlchen, so wird erzählt, ist nicht gerne zur Schule gegangen. Als es zum ersten Male geschah, und die Mutter nach seiner Rückkehr ihn fragte, wie es ihm gefallen habe, da antwortete der Enttäuschte: „Na, das hätten wir besser gar nicht erst angefangen." Die Äußerung beweist, daß Carlchens Lehrer es nicht verstand, seinen Vortrag schmackhaft zu gestalten. Wie sehr diese Grundbedingung von allen Jugenderziehern anerkannt und wenigstens zu fördern versucht wurde, das wissen wir schon aus den vorigen Kapiteln. Die Fibelverse, die Anschauungswerke, die Bilder zum Abc, sie zeigen alle eine freundliche Note. Heitere Mnemotechnik ist überall das Grundproblem dieser Lehrtätigkeit.

Ein Abc-Buch von 1584 enthält die Verse:

Neun Ding stehen zu einem Lehrkind:
Früh aufstehn, sich anthun geschwind
Die Haar strählen, waschen die Hend
Gott bitten, daß er sein gnad send
Fleissig in die Lehr gehn alltag
Und gern thun, was der Meister sag
Züchtig sein und wenig klaffen —
So kann es sein nutz schaffen.

Einer, dem diese Strophe zu Gesicht kam, ereiferte sich darüber, nannte sie ledern, trocken, gereimte Prosa, einen armseligen Versuch. Das Kindlich-naive des alten Dichters, den gemütlichen Ton, auf den diese langverklungene Leier gestimmt war, empfand der Armselige nicht. Er tut mir deshalb leid.

Gereimte Erziehungsbücher, Vorläufer Knigges, sind uralt. Tischzuchten, Kinderzuchten sind uns vom 13. Jahrhundert erhalten. Aus der Zeit des braven Hans Sachs, der selbst einiges derart dichtete, sei die Probe einer Kinderzucht wiedergegeben.

Dein klaid sey sauber, rain und fein
Dein angesicht, hend, sollen geweschen sein
Nit kratz dein haupt, so man es syecht
Nit jag die flech, oder man spricht
Du seyest ain unlust und ein thor
Es stet nit wol, hüt dich dar vor.
So du wilt speiben oder nießen
Laß dich der arbeit nit verdrießen
Von leiten ker dich weit hin dan
Dein mund rür mit dem tüchle an.

Vom Benehmen bei der Tafel heißt es:

Höflich mit dreyen fingern yß
Und nim nit gar zu großen byß.

Und zum Schluß:

So du getrunken hast und geessen
Das dancken soltu nit vergessen;
Wan du auff steest, so sprich zu stund:
Lob sey got, von dem es kumpt.

Aus dem Orbis pictus von J. E. Gailer 1833.

Auch verkehrte Tischzuchten hat es gegeben, die der Jugend zu abschreckendem Beispiel gerade das Gegenteil von dem empfahlen, was sie erreichen wollten. Diese grobianischen Lehrgedichte waren natürlich sehr derb. Schade genug, daß wir von ihrer vierschrötigen Art hier nicht das wiedergeben dürfen, was sie besonders charakterisiert — so verzichten wir lieber ganz.

Noch lange haben die gereimten Sittenkatechismen auf die Erziehungsliteratur abgefärbt. Ein dauerhafter Lehrmeister dieser Art ist der Augsburger Magister Graf gewesen. Sein versifizierter Kodex guten Betragens erschien in der ersten Hälfte des 18. Jahrhunderts und wurde noch in den 1830er Jahren neu aufgelegt. Diesmal kann ich

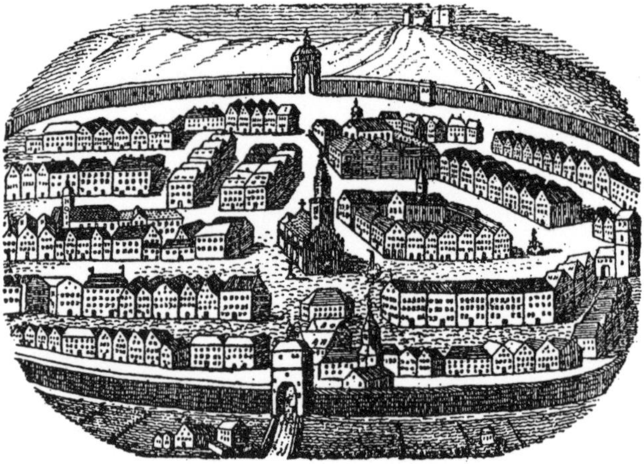

Aus dem Orbis pictus von J. E. Gailer 1833.

es mir nicht versagen, aus dem ebenfalls nicht überall den feinen Gouvernantenton treffenden „höflichen Schüler" etwas recht Hübsches vorzubringen:

Was ist die Höflichkeit? Ein artiges Bezeigen,
Wodurch wir Andrer Gunst und Liebe zu uns neigen.
Wer soll sich aber wohl der Höflichkeit befleißen?
Ich, du, er, wir, ihr, sie und wie wir alle heißen.
— — Trapp auf der Gasse nicht als wie ein Karrengaul,
und gaffe nicht herum, sonst fällst du auf das Maul.
Kommt dir jemand von Stand auf deinem Weg entgegen,
So such' ein Compliment demselben abzulegen. — —
Am Tische sitze nicht vor allen Andern nieder,
Weil dies ein Merkmal ist der unverschämten Brüder.

Aus dem Orbis pictus von J. E. Gailer 1833.

Dein Löffel wanke nicht, wenn was darinnen ist,
Sonst zeichnet er den Weg, wo du gefahren bist.
Zu heftig mußt du auch nicht in den Löffel blasen,
Noch mit der Gabel schnell auf jeden Bissen rasen.
Halt auch das Messer nicht beständig in der Hand,
Gib deinem Tischgewehr bisweilen Stillestand.
Kommt dir was Fettes vor, so wische Mund und Kinn
Nicht auf den Ärmel gleich ganz säulich her und hin.
Leg in die Schüssel nicht, was auf dem Teller lag,
Weil das, was du gehabt, ein Andrer nimmer mag.
Nimm ja nicht allzuviel auf deinen Teller hin,
Sonst wird er in der Tat zu einem Magazin.
Kratz' auf dem Kopfe nicht, sonst ist von wilden Tieren,

Die in der Nähe sind, gleich was zu diskuriren.
Lieg nur nicht auf den Tisch bis an die Ellenbogen,
Sonst hält dich jedermann für ziemlich ungezogen.
Wenn du die Nase schneuzst, so thu ja nicht posaunen,
Daß andre von dem Ton erschrecken und erstaunen.
Ist dieses nun von dir, auch mit Bedacht, geschehen,
So mußt du nicht hernach die Schneuze erst besehen.
Falls jemand etwa nießt, so ruf nicht „Prosit!“ drein,
Ein stilles Kompliment wird angenehmer seyn.

Auch eine gereimte Geographie kommt mir da eben in die Hand, allerdings aus neuerer Zeit, aber doch auf alte Vorbilder zurückgehend.

In Lippe-Detmolds Fürstentum,
Da fließt die Weser nördlich,
Und Detmold ist der Fürstensitz,
Das ist die Wahrheit wörtlich.

Kathinka Zitz ist die Verfasserin dieses „zweckmäßigen Mittels zum schnellen Erlernen und Behalten“. Die lustigen Verse prägen sich in der Tat rascher ein als trockene Lehrsätze.

So dachte auch schon der alte Raff, ein prächtiger Freund der Jugend. Er schenkte ihr die köstlichste Naturgeschichte, die je geschrieben wurde, „so ziemlich in dem Tone,“ sagte er selbst, „wie es die Kinder haben wollen, und auch haben müssen, wenn sie mit Nutzen und Vergnügen darin lesen wollen. Bald rede ich mit den Kindern, bald sie mit mir, izt red ein Kind oder ich mit einem Thier, izt lassen wir das Thier seine Geschichte selbst hersagen, nun gehen wir spazieren, nun schiffen wir im weiten Weltmeere herum und sehen Seehunde und Wallfische fangen. Kurz, ich habe alles getan und versucht, ein solches Buch zu schreiben, das meinen lieben kleinen Herzensfreunden und Herzensfreundinnen gefallen könnte. Und gefällt's diesen, so däucht mich, wäre der Werth meiner Methode glücklich entschieden. — Sollte so das Handwerk nicht gut von Statten gehen? Es muß."

Den Ton, mit Kindern zu plaudern, trifft Raff wie nur einer.

„Nun, großer Adler, dich wollen wir zuerst kennen lernen. — Eine große Ehre für mich. — Du wohnst und horstest also auf hohen Bäumen und steilen Felsen, und nährst dich vom Raube lebendiger Thiere? Ja, das thue ich, nebst allen meinen Kameraden, kleinen und großen, schwarzen und grauen Adlern.

So? gibts also bei deiner Zunft und Gilde mehrere Rot=

Aus der Naturgeschichte für Kinder von G. C. Raff 1778.

ten? Ja wohl. Ich bin aber der König unter allen, und auf der 9ten Tafel, bei Figur 2, bin ich abgebildet."

Warum bietet heute kein Lehrbuch mehr solch munteren Unterricht? Gibt es etwas Natürlicheres, als daß ein kleiner Mensch sich mit einem Tier unterhält?

„Schwein, sag' deine Geschichte her! — O wie kann ich das. — Und warum denn nicht? Du solst und must sie hersagen, du wüste, garstige Sau! Kanst du dich immer im Koth und Mist herumwälzen, Aecker, Wiesen und Gärten durchwühlen, und sonst noch allerhand Unfug treiben, so kanst du auch das thun. Rede also, oder du kriegst Schläge. — So, du willst mich also zwingen? Nun, das ist lustig. Ich dächte, du solltest es bleiben lassen, wenn du Nutzen von mir haben willst. — Halts Maul, fatale Grunzerin ..."

Wenn wir nur mehr aus jener Zeit hätten, das in dieser unverbildeten Form geschrieben wurde! Das Buch erschien Anno 1778, als die Jugendliteratur noch in den Windeln steckte. Selbstverständlich war's einigen Pädagogen nicht ernsthaft genug, und die späteren Auflagen enthalten nicht mehr so viele Gespräche mit Tieren. Ja, ein Bearbeiter läßt sie schließlich ganz fort, und der Esel nennt die Ausgabe „verbessert".

Hier möchte ich auch eines wunderhübschen Werkchens gedenken, das wir dem großen Jugendklassiker Campe verdanken. Es ist sein Geschichtliches Bilderbüchlein von 1802, abgefaßt in Knittelversen, von Adam bis Romulus erzählend, vom Paradiese mit seinem „Männ-

Das ist ein Dreieck mit drei gleichen Seiten, das nennt man ein gleichseitiges Dreieck.

Ich kann auch schon ein Glas zeichnen, und einen Hut, eine Tasse und einen Schlüssel. — Laß doch sehen, obs wahr ist.

Das ist ein Bierglas. Daraus trinkt man Milch oder Wasser. Für Kinder ist Wasser das gesundeste Getränk.

Das ist ein Weinglas. Daraus trinkt man Wein, wenn man es haben kann.

Das ist ein Hut. Den setzt man auf, wenn man ausgeht. Höfliche Kinder nehmen den Hut ab, wenn sie dem Lehrer begegnen.

Das ist eine Tasse, daraus trinkt man Milch oder Brühe.

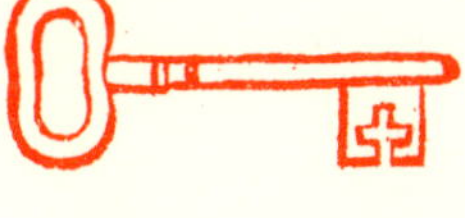

Das ist ein Schlüssel, damit verschließt man die Thür. Ordentliche Leute lassen ihre Schlüssel nicht in der Stube umher liegen.

Lehrhafte Weisheit aus einer Handfibel. Berlin 1853.

lein und dem Fräulein zart, Eins mit, das andre ohne Bart," vom Noah, der sich um den Verstand nippte, vom Turmbau zu Babel mit ergötzlicher Sprachenverwirrung, und von vielen anderen ernsten und lustigen Dingen.

Glänzend in der Sprache, wie wir es von Campe nicht anders gewohnt sind, geistvoll vorgetragen, kann das Ganze die Erwachsenen ebensogut fesseln wie die Kinder, und so soll es mit einer Jugendschrift auch sein. Dreißig vollendet schöne Kupfer von Catel auf nur etwas über 180 Seiten verteilt, machen unser Büchlein zu einem jener seltenen Kleinode, in denen Wort und Bild gleichmäßig aufleuchten. Es ist auch an sich heute eine Seltenheit ersten Ranges, während von den anderen Schriften Campes mehr auf unsere Tage gekommen ist.

Ich habe lange bei Raff und Campe verweilt — hoffentlich freuen sie sich im Elysium darüber, wenn man sich ihrer dankbar erinnert. An ledernen Büchern belehrenden Inhaltes war niemals Mangel, wir sind nicht verpflichtet, sie besonders anzuerkennen. Wer die Jugend bilden will, der denke auch daran, daß sie nicht gravitätisch einherschreitet. Sie hat ja noch gar keinen Grund, das Leben ernsthaft zu nehmen! Darum laßt sie lachen, oder unterhaltet sie wenigstens in frischem Tone, ihr Verfasser von Bildungsschriften, Mythologien, Kunstgeschichten, Sternbüchern und Völkerkunden — ja so! jetzt kann der Zuruf auch nichts mehr helfen, die Leute sind ja seit hundert Jahren im Pädagogenhimmel.

Vorläufer der Unterhaltungsliteratur

Die wissenschaftlichen Geschichten der Jugendliteratur sprechen von einem handschriftlichen Buche, genannt „Der Seele Trost", das zu Anfang des 15. Jahrhunderts von kirchlicher Seite ausging. Es enthielt Erzählungen zu den 10 Geboten, die der Bibel, der Fabel, dem Märchen und der Legende entstammten, und es scheint recht annehmbare Texte enthalten zu haben. Es gab also vor der Erfindung des Letterndruckes außer der Fibel auch schon ein Geschichtenbuch in Mönchshandschrift. Erwähnt mag dabei werden, daß es, wie manche andere frühe Jugendschrift, Erzählungen enthält, die wir heute gewiß keinem Kinde, kaum einem Erwachsenen, vorzusetzen wagen. Die Begriffe für Anstand sind wandelbar, wir sehen auch hier, daß frühere Jahrhunderte anders als unsere verfeinerte Unnatur darüber dachten.

Ob das mönchische Kinderbuch auch mit Bildern geziert war, sagt uns der Referent nicht. Vielleicht war es mit Miniaturen ausgestattet — ich glaube übrigens, es sollte nur zum Vorlesen dienen und den Kindern selbst nicht in die Hand gegeben werden.

Was aber fanden die kleinen Menschen an Lesbarem, wenn ihnen erst der Geschmack an Büchern aufgegangen

Aus den erneuerten esopischen Fabeln. Anfang 19. Jahrh.

war? Womit beschäftigten sie sich, wenn es doch noch keine eigentlichen Jugendschriften gab? Ich glaube, das ist leicht zu beantworten.

Dem Drange des Kindes nach Bildern entsprach zu damaliger Zeit vor allem die Bibel, und erst recht dann, als die Buchdruckerkunst sie mit Holzschnitten und Kupfern ausstattete. Der Bücherschatz unserer Ureltern war im allgemeinen bescheiden, eine Bilderbibel aber gehörte dazu, sofern überhaupt Lesbares da war. Da mag denn manches Büblein mit nassem Finger in der Hl. Schrift geblättert haben, in einem Bande, der schier so groß war, wie der Bilderbesehende selber.

Aus der Bibel entwickelten sich die biblischen Geschichten, und neben diesen jene beinahe rein religiösen Lesebücher, deren Daseinszweck ich nie recht begriffen habe. Uns Kindern waren gewiß Wiedemanns Biblische Geschichten eines der liebsten Bücher, das Schönste darin die Erzählung von Tobias und seinem Hündchen, Absaloms Ende oder

Josephs ägyptische Erlebnisse. Die mit Bibelsprüchen und christlichen Sentenzen durchzogenen Schriften aber waren uns schon im Herzblättchenalter ein Greuel, und warum sollen die Sprößlinge früherer Zeiten ein ungesunderes Urteil gehabt haben? Wozu also Dinge, wie des Pfarrherrn Lucas Martini Büchlein: Der christlichen Jungfrawen Ehren-Kräntzlein (1580) und ähnliche Tugendspiegel, die höchstens am Konfirmationstage gelesen wurden? Ich sollte meinen, daß eine derbere Zeit zu kräftigerer Kost neigte, und neben dem allzu Erbaulichen gab es damals auch schon einige Bücher weltlicheren Schlages für die Jugend.

Burkard Waldis, der 1490 geborene Fabeldichter aus Allendorf an der Werra, dürfte der erste sein, dem wir ein gedrucktes Unterhaltungsbuch für Kinder verdanken. Er sagt in der Vorrede zu seinem Gantz new gemachten Esopus ausdrücklich, daß er diesen nicht den Gelehrten und die es besser können, sondern der lieben Jugend, Knaben und Jungfrauen, zu Dienste und Förderung habe ausgehen lassen, und zwar im Jahre 1548.

Es ist ein schönes, gehaltvolles Werk, mit Benutzung alter Stoffe, wie auch voll eigener Erfindung, dieser Esopus, aber Jungfrauen möchte man ihn heute doch nicht gern in die Hand geben... Auch sind nicht alle viermal hundert Fabeln gut, und doch wird es schwer, eine Auswahl unter dem vielen Schönen zu treffen.

Begnügen wir uns mit der Geschichte des Unvorsichtigen, der gleich zwei Frauen auf einmal begehrte.

Vom Jüngling und einem Wolf.

Es war ein frischer Jüngeling
Derselb zu seinem Vatter gieng
Und sprach: „ich kan nicht also bleiben,
Drumb helfft mir, das ich möge Weiben;
Und weil Ihr seid an Gütern reiche,
Kan wol erneren zwo zugleiche.
Erzeigt Euch billich in den Sachen:
Ist's eine mühe, ein Hochzeit machen?"
Der Vatter sprach: „mein lieber Son,
Ich bitt, fahr mit der sachen schon:
Es ist auch wol bedenckens wert
Ist nit, als wenn du keuffst ein Pferdt,
Welchs du magst nach deim willn verkauffen
Oder lassen nauß ins Gras lauffen.
Das hast du mit dem Weib nit Macht,
Darumb die Ding erst wol betracht.
Ists, daß du wilt meins raths geleben,
Laß dir zum ersten Eine geben,
Mit ders ein Jar versuchen thust.
Hastu denn noch zu einer lust
Und kanst den fürwitz ja nicht stillen,
So nimb noch ein, hab deinen willen."
Er thet ihm so, nahm eine vor,
Die hat er bey eim halben Jar. —
Begab sichs, daß die Leut in Stätten
Ein großen Wolff gefangen hetten
Lebend, der viele Küh zerrissen,
Viel Kelber, Schaf und Lemmer bissen.
Rathschlagten, welche straff und pein
Für solche mißthat gnug möcht sein.
Wolten, daß man ein urtheil fäll.
Da sprach derselbig jung Gesell:
„Wollt Ihr ihn straffen an Seel und Leib,
„So rath ich, gebet ihm ein Weib,
„Die ihm, wie mir, das Muß kann kochen

„So habt Ihr Euch an ihm gerochen.“
Wem solcher Unfall ist beschert,
Daß ihm eine Solche widerfehrt,
Als Herodias und Jesabell,
Der hat hie mehr denn eine Höll’.

Das Werk des alten Waldis, ein echtes Kind seiner Zeit, erlebte viele Auflagen und Neudrucke, ist aber dem Laufe der Jahrhunderte nicht gefolgt. Der Versuchung, noch einige Goldkörner aus seinen Tiefen zu heben, ist deshalb nicht zu widerstehen. Da heißt es:

„Selig wird der geacht allezeit,
„Den auff Erdt kennen wenig Leut.

„Musika und solche Künst seind gut,
„Wo man sie messig brauchen thut.“

„Großbürgerlicher Nutz und Frommen
„Thut auß der Einigkeit herkommen
„Zwietracht zerrüttet und zerbricht
„Was große Müh’ hat auffgericht.“

„All Thier sich zu ihrm Gleichen gsellen
„Und freundtlich zu einander stellen
„So solln sich auch die Menschen halten
„Gemachte Freundtschafft nicht zerspalten.“

„Freiheit ist ein gar edel Kleinot
„Wol dem, der sie in Frieden hat
„Ob er schon nit hat viel dabey
„Es ist ihm gnug, daß er sey frey.
„Drumb, wie das Sprichwort melden thut:
„Freiheit geht für all zeitlich Gut.“

Heute ist Burkard Waldis vergessen, und nur dem Freunde alter Poeterei öffnen sich die Schatzkammern des biederen Fabulisten.

Vorläufer der eigentlichen Jugendliteratur haben wir ferner in Wickrams Büchern von 1554 bis 58 zu sehen: „Der jungen Knaben Spiegel", „Das Buch von den sieben Hauptlastern" — mehr als die Titel begehre man nicht, sie sind sehr langweilig. Aber Anno 1595 bescherte uns Rollenhagen neben mehreren Erzählungen biblischer Herkunft das zweite Kinderbuch von Bedeutung, den Froschmäuseler, ein Epos, das sich bis in die neueste Zeit großer Beliebtheit erfreute. Es ist dem Reineke Fuchs nahe verwandt, als Ganzes zu umfangreich und ermüdend für Kinder, im Titel wird es aber der fröhlichen Jugend zur anmutigen und nützlichen Lehre gewidmet. Der Heldengesang vom Kriege der Frösche und Mäuse, der homerischen Iliasparodie nachgebildet, erfreut uns schon durch die Namen seiner streitbaren Mannen: Bausback, Dreckpatz, Quadroquor, Kakokera, Uky, Koax und Kekeks — Partekenfresser, Bröseldieb, Tellerlecker, Wurstlieb, Gutbischen, Sparkrümlein. Kann man hübschere Namen erdichten? Auch Barthold Leisetritt, der Storch, und der Hahn Riechwetter seien nicht vergessen!
Nicht sobald wieder wurde etwas Hübscheres für Kinder geschaffen und nicht oft seither der naiv-kindliche Ton so vorzüglich getroffen. Teile des allzu dickleibigen und darum schwerfälligen Werkes sind auch jetzt noch für uns von hohem Reiz. Lassen wir uns gleich vom Eingang des Gedichts fesseln!

Von Bröseldiebs, des Mäusekönigs Sohns Kundschafft mit dem Froschkönig.

Da Aschanes mit seinen Sachsen
Aus dem Hartzfelsen ist gewachsen,
War mitten in dem grünen Wald
Ein springend Brünnlein, süß und kalt
Das an dem Falkenstein herfloß
Sich in ein großen See ergoß
Und da am warmen Sonnenschein
Wässert viel Bäum und Blümelein,
Viel Frösch' und Fisch', viel Krebs' und Schnecken.
Das Rohr wuchs wie die Haselstecken
Bey Narrenkolben, Schilf und Weiden
Bey Kräutern, schwer zu unterscheiden,
Daß nicht allein die Nachtigall
Da sang, daß klang in Berg und Thal,

Sondern der Rohrsperling und Grasmusch
Und ander mehr im dichten Busch
Ihr Nest und Wohnung so besungen
Und die Stimmen gen Himmel klungen
Daß am Wasser der Widerhall
Sein Antwort gab mit Freudenschall.
Daselbst seit vielen alten Jahren
Die Frösch' der Herrschaft mächtig waren ...

Siebenhundertundfünfzig Seiten zählt der alte Schweinslederband, der mit unbeholfenen Holzschnitten versehen ist — schade, daß hier nicht wenigstens 350 Seiten davon abgedruckt werden können.

Noch viele anmutige Fabeln und Geschichten hat der wackere Schulmann in sein aus drei Büchern bestehendes Werk verwoben, freilich auch viel Polemisches und Überflüssiges, das heute kein Kind verstehen und lesen würde. Mitunter bietet Rollenhagen, gleich Burkard Waldis, derbste Kost, aber doch nicht so häufig wie dieser.

Ich verweilte etwas ausführlicher bei diesen beiden Urvätern des Jugendschrifttums, weil nur wenig Ähnliches aus alten Tagen da ist, das Aussicht hat wie sie, alle Zeiten zu überdauern. Es gelüstet mich nicht, mehr als Proben der Titel von Kinderbüchern aus dem 17. Jahrhundert und dem Anfange des 18. zu geben, schon sie atmen die vollkommenste Langeweile. Da sind Rabeners nützliche Lehrgedichte von 1691, Hübners biblische Historien von 1714, die Acerra philologica aus derselben Zeit, eine Art enzyklopädisches Lexikon, endlich — immer noch in Auswahl angegeben — Joh. Peter Millers histo-

J. F. Schröter j. sc.

Der Mondregenbogen

Das Dampfboot

risch-moralische Schilderungen zur Bildung eines edlen Herzens der Jugend. Dies z.B. sind 5 Theyle, so um 1750 erschienen, und sie enthalten sehr gelehrte Sachen, aber auch den zu alter Zeit stets üppig blühenden Kohl.

„Ich werde mit einem Exempel aus der Physik aufwarten", sagt der Informator. „Wir haben doch die vorigte Nacht Wetterleuchten gesehen. Und bey dieser Gelegenheit kann ich Ihnen alle übrige feurige Luftbegebenheiten erklähren. Ich schließe so: I. Ein jedes Feuer entsteht aus der Vermischung ölichter und schwefelichter Theyle.

II. Das Wetterleuchten, die Irrwische, die Sternschnuppen etc. sind ein Feur.

III. Also entstehen alle diese feurige Luftbegebenheiten aus der Vermischung der ölichten und schwefelichten Theyle, die in der Luft sind."

Ohne logische Schlüsse geht es nämlich nicht.

Jeder Band hat ungefähr 400 Seiten, und dabei bemerkt der Verfasser ganz gemütlich in seiner endlosen Vorrede, daß er im 2ten Theyl Geschichten wiederholt, die schon im ersten stehen: „sie fanden nemlich hier eine bequeme Stelle." Lesbar ist von dem ganzen Elaborat kaum etwas, es sey denn die wunderschöne Eingangswidmung, 18 Seiten stark, an 6 namentlich aufgeführte hochedelgebohrne, hoch- und hochehrwürdige, hochachtbare und hochgelahrte Herren und Gönner. Einige geistliche Lieder und ein schier endloser Roman, die merkwürdigen Begebenheiten Samuel Lamwills, bilden neben den rein philosophischen Abhandlungen die unterhaltende Kost. — Was für eine Jugend mag es denn gewesen sein, der man Kapitel vorzusetzen gedachte, wie z. B. den „Unterricht in der Wohlredenheit“, „Von den allgemeinen Gründen der menschlichen Erkenntnis“, „Von der Kunst, andere zu erkennen“? Waren etwa unsere Urgroßväter in ihrer Kindheit andere Menschen als wir, da wir noch klein waren? Man begreift die grausliche Art dieser alten Schwarten nicht, die von Moralität triefen und dies mit entsetzlicher Konsequenz bis ins 19. Jahrhundert beibehalten. Mit Schaudern wendet man sich von solchen Erzeugnissen und atmet auf, wenn man in der Wüstenöde dieser Zeiten hier und da grünenden, bunteren Blümchen begegnet, die erst noch zaghaft, dann frischer und kecker, unter allerlei staubig-vertrocknetem Distelkram hervorsprießen.

Volksbücher

Kein Jugendschriftenfabrikant, der nur Nützlichkeitsware produziert, wird mich glauben machen, daß die Kinder gern lesen, womit er sich ihnen aufdrängt. Ich glaube doch, sie suchen sich selbst aus, was ihnen behagt, und nur daran finden sie auch dauernd Gefallen. Wenn uns Goethe erzählt, daß er als Kind besonders gerne die Jahrmarktschriften vom Eulenspiel, der schönen Melusine, dem Fortunat gelesen habe, „gedruckt in diesem Jahr", und daher immer neu, so stellt er sich damit gewiß nicht außerhalb seiner Zeit- und Altersgenossen. Wie der kleine Wolfgang, so haben vor ihm und nach ihm Generationen von jungen Lesekundigen die Volksbücher verschlungen, die für ein paar Pfennige zu haben waren und beinahe in jedem Hause sich fanden. Auch uns Jungens waren die einfach erzählten und doch so abenteuerlichen Geschichten, insbesondere Robert der Teufel, neben Grimms Märchen sehr ans Herz gewachsen. Wir lasen sie immer wieder, und das war hundert Jahre, nachdem Goethe sie für sich entdeckt hatte.

Einer Bearbeitung für die Jugend unterzog man sie nicht vor dem ersten Viertel des 19. Jahrhunderts, mit einer einzigen Ausnahme. Höchst interessant ist es nämlich, daß die wahrhafftige Historie von den grewlichen und abschewlichen Sünden des Dr. Johannes Faustus schon 1599 der lieben Jugend zugedacht wurde, wie der Herausgeber Widmann in der Einleitung betont. Im übrigen wird man in alter Zeit keinen strengen Unterschied zwischen Volks- und Jugendschriften gemacht haben, die Volksbücher waren Gemeingut der Großen und Kleinen. Erst Gustav Schwab schuf 1836 Jugendausgaben der Geschichten von den Schildbürgern, von den vier Heymonskindern, dem armen Heinrich und noch 11 anderen, die zugleich die erste geschlossene Sammlung der Volksbücher darstellen. Sie wurden, leider nur zum Teil, bis in unsere Tage ständig für Kinder neu aufgelegt oder neu erzählt. Textproben aus ihnen zu geben, ist überflüssig, sie sind meist alle noch leicht erreichbar, und hier soll nur vom Vergessenen ausführlicher erzählt werden. Erwähnt sei aber doch noch, daß der Reineke Fuchs, jenes meistgelesene, ungemein oft in den verschiedensten Ausgaben gedruckte Volksbuch, zum ersten Male 1836 für die Jugend hergerichtet wurde, und dann eine ganz eigenartige Bearbeitung erfuhr. Hier sind die derbsten Stellen nicht gekürzt, es ist eine ganz vollständige Ausgabe von einem Ungenannten, bei Volckmar in Leipzig erschienen, die dann allerdings in späteren Auflagen eine „Säuberung" über sich ergehen lassen mußte. Dies ist wohl aus neuerer Zeit der einzige Fall eines den absoluten Wohlanstand nicht wahrenden Kinderbuches, das als Seltsamkeit genannt zu werden verdient.

Außerordentlich gern wurde die ebenfalls zum Volksbuche

Aesopische Fabeln

für

die Jugend.

Neue mit 150 Holzschnitten versehene Ausgabe.

Dresden,

zu finden in der Königl. Hofbuchdruckerei.

gehörige Fabel wegen ihrer erzieherischen Moral fürs Kinderschrifttum verwendet. Wir begegneten schon dem Aesop des alten Waldis, und bis heute sind wohl alljährlich neue Fabelbücher für die Jugend erschienen.

In der Hauptsache sind's Anthologien, die eine Auslese der damals auch bei den Erwachsenen so sehr beliebten Dichtart für die Kinder zusammenstellten, doch haben Männer wie Campe, Weiße und sicherlich noch andere, die es nicht ausdrücklich bekennen, Fabeln für die Kleinen erdacht. Auch hier können wir auf Beispiele verzichten, denn noch immer sind des Urvater Aesop unsterbliche Erzählungen uns zugänglich, noch immer werden unsere Pfeffel, Lichtwer, Hagedorn, Lessing, Gellert und wie sie alle heißen, neu aufgefrischt und geschätzt.

Die Fabel in ihrer guten Form kann ein Geistesprodukt von wunderbarer Tiefe darstellen, dessen Wert die Kinder wohl in den wenigsten Fällen erkennen. Wir dürfen auch bezweifeln, daß die jugendlichen Leser sie der angehängten Moral wegen schätzten oder sie zur Schulung des Verstandes benutzten, wie es bisweilen kinderstubenfremde Weisheit vermutete und vor allem wünschte. Die Kleinen freuen sich am menschlich redenden und vernünftig handelnden Tier sicherlich mehr als am gedankenreichsten Text.

Woran aber die erwachende Klugheit sich immer gern versuchte, ist das Rätsel, auch ein Zweig volkstümlicher Literatur. Rätselbücher für Kinder finden wir deshalb — das Volksbuch war stets dem Kinderbuche nahe verwandt — in zahlreichen Erscheinungsformen.

Das älteste Rätselbüchlein meiner Sammlung — und hoffentlich überhaupt das älteste seiner Art — zeigt ein so reizvoll in Rot und Schwarz gedrucktes Titelblatt, wie es nur je in alter Zeit beliebt war. Auch die Vorrede des Magisters Johann Christoph Ludwig zu seinen 100 auserlesenen Räthzeln (Frankfurt 1749) ist besonders hübsch.

„Weil ich bey denen in viel und mancherley Lectiones eingetheilten Schul-Arbeiten biß anhero wahrgenommen habe, daß je zuweilen denen Schul-Knaben ein sinnreiches sowohl lateinisch als teutsches Rätzel ein Vergnügen gemachet, und gleichsam die andern ihnen verdrießlich erscheinenden pensa scholastica gewürtzet oder überzuckert hat; so habe ich theyls in Sammlung alter, theyls in eigener Verfertigung neuer Rätzel in denen Nebenstunden einigen Fleiß anwenden wollen: massen ein Schulmann auf mancherley gute und artige Manier der Schuljugend Kunst und Wissenschaft beyzubringen muß beflissen seyn..."

Wir erhalten zunächst die eigentlichen Rätsel, lateinisch und deutsch, dann Erklärungen und Auflösungen, „benebst denen mit untermischten Moralibus", wobei mitunter sehr ergötzliche Naturgeschichte getrieben wird, ferner eine Zugabe von christlichen Schulliedern. Alles das hat denen geneigten Lesern statt großer Gelahrsamkeit, verwirrter Sophistereien und metaphysischer Dinge so gut gefallen, daß der Verfasser ein zweites Hundert Rätsel dem ersten folgen ließ, ja sogar ein drittes Hundert für die künftige Leipziger Messe auszufertigen verspricht, so Gott ihm ferner Leben und Kräfte geben würde.

„Da ich im Walde war, und hatte da mein Leben,
„Von meiner Brüder-Schaar sehr reich und dick umgeben,
„War ich, wie Fische, stumm; Nun ich bin umgebracht,
„Bring' ich viel Freud und Lust den Menschen Tag und Nacht."
Auflösung: „Ein Instrumentum musicum."
„Alle Bäume im Walde schweigen gantz stille, wenn aber ein Künstler von denen nutzbaren Bäumen wohlklingende Instrumenta machet und sie von künstlichen Händen gerühret und gespielet werden, können sie der Menschen Hertzen und Ohren erfreuen, und sollten es auch Catonische Sauertöpfe seyn. Denn:
Wenn die Finger wohl geübt zierlich auf den Saiten ritzen, Ach da sieht man, wie vergnügt Ein Der, Die, und Das dort sitzen."

Es ist dies bescheidene Buch als eine von den freundlicher anmutenden Blüten ältester Jugendliteratur hervorgehoben worden. Andere seinesgleichen, auch die viel späteren, stehen ihm, wenn nicht nach der Form, so doch nach dem Inhalt ganz natürlich so nahe, daß es bei diesem Exemplo sein Bewenden haben mag. Nur der lateinischen Sprache entraten sich die folgenden — ich habe auch oben die schönen Hexameter weggelassen, so gut wie der Schulbub des 18. Jahrhunderts. Die neueren Sammlungen geben aber dafür desto mehr Neckrätsel, mitunter auch solche, die der strenge Kulturpächter „anstößig" nennt. Naturalia non sunt turpia — die Kinder haben daran ein besonderes Gefallen.

Erst viel später, als Volkserzählung, Fabel und Rätsel trat das Märchen auf den Plan. Wohl zu beachten: das Märchen im Buch! Denn erzählt wurde es wohl,

M
N

solange eine Sprache durch die Welt klang. Und eben deshalb, weil die Kunst zu fabulieren sich von einer Generation auf die andere mündlich forterbte, bedurften wir der gedruckten Texte nicht. Wohl waren in anderen Ländern frühzeitig Märchensammlungen entstanden, bei uns aber gab es im 17. Jahrhundert noch keine Scheherezade, keinen Straparola oder Perrault. Erst 1782 schrieb Musäus seine Volksmärchen und diese keineswegs für Kinder. Vereinzelte andere folgten ihm, ohne seinen Humor auch nur entfernt zu erreichen, bis 1812 die Brüder Grimm ihr herrliches Werk schufen, das schönste Kinderbuch, das wir besitzen.

In keinem anderen Lande der Welt quillt der Märchenbronn ebenso frisch und rein, kein Volksstamm außer den Germanen hat mit gleicher Tiefe und Innigkeit die buntschimmernden Gebilde seiner Träume zu gestalten gewußt. Auch nach den Brüdern Grimm sind noch zahlreiche gute Märchensammlungen entstanden, und neben den schlichten Volksdichtungen erwuchs das Kunstmärchen in unendlicher Mannigfaltigkeit, bald als taube, bald als wunderbar gehaltvolle Blüte. Von Fouqué, Tieck, Chamisso, Hauff, Brentano, bis zu Mörike, Reinick und Storm — welche Fülle der Erscheinungen! Und doch beobachten wir auch hier wieder, daß üppiges Unkraut diese schönsten Triebe zu überwuchern droht. Nichts ist schwerer, als ein gutes, sinnreiches Märchen zu schreiben. Die zahllosen Feenmärchen der Romantik, seicht, erfindungsarm, gekünstelt und schwülstig erscheinen heute ungenießbar — selbst der vielfach ge- und überschätzte E. T. A. Hoffmann hat nur verworrene Phantastik, mit allerlei Brimborium, kein einfach-gemütliches Kindermärchen geschaffen.

Bezopfte Pädagogenweisheit hat das Märchen aus der Kinderstube verscheuchen wollen. Das ist gottlob nicht gelungen. Andererseits hat sich eine Verwandte, die Sage, bei der Jugend weniger einzubürgern vermocht. Auch hier haben Grimm und Bechstein zuerst in ihren bedeutenden Sammlungen Pionierdienste geleistet, ohne viel Anklang bei einem noch lieber tändelnden als geschichtsforschenden Publikum zu finden. Wir begegnen weit weniger Sagen- als Märchenbüchern, weil die ersteren nicht so lustig sind und deshalb nicht immer neue begehrt wurden. Erst in späterer Zeit tritt die Sage mehr in die Erscheinung. Nur der Rattenfänger und der wilde Jäger sind Freunde der Kinderwelt geworden und werden sich auch in ihrer Gunst zu erhalten wissen. Rübezahl, dem Charakter nach ebenfalls eine Sage, gehört seinem Umfange entsprechend mehr unter die Volksbücher. Auch er trieb schon in den frühen Jugendschriften sein Wesen. Mit Einzelerscheinungen dieser und anderer Art können wir uns aber hier nicht befassen und wollen nur festhalten, daß glücklicherweise das Märchen und seine Verwandten nie einer besonderen Zeitströmung in der Jugendliteratur angehörten, daß sie vielmehr Ewigkeitswerte darstellen, die unvergänglich, unversieglich von Anbeginn da waren und nie enden werden.

Dichtungen
aus der
Kinderwelt.

Altherkömmliche
Lieder, Erzählungen, Lehren
und
Singspiele für Kinder
von neuem herausgegeben.

Hamburg, 1815
bei August Campe.

Braunschweig, gedruckt bei Friedrich Vieweg.

Das Lied

„Eia popeia, was raschelt im Stroh?“
Es heißt, die Nichte eines griechischen Kaisers habe im 12. Jahrhundert ihren Kindern das Wiegenlied ihrer Heimat gesungen, als sie dem Gemahl, Heinrich II., Pfalzgrafen bei Rhein, nach Deutschland gefolgt war. Heude mu paidion, heude mu pai — schlafe, mein Kindelein! Daraus soll das süddeutsche Heidi pupeidi mei Bu entstanden sein. Die Erzählung hat viel für sich, aber ich glaube, das Lied ist viel älter. Es ist dem Kindeslallen nachgebildet, dies Eia popeia, das Eia polei, das Susa ninneken suse. Solange eine Mutter an der Wiege saß, hat es Kinderlieder und Ammenreime gegeben.

Mit ihnen ging's wie mit den Märchen, sie wurden mündlich vererbt, nicht schriftlich. Erst des Knaben Wunderhorn enthielt 1806/08 einen Anhang dieser unbefangensten Lyrik. Sieben Jahre später erschien in Hamburg ein Büchlein, Dichtungen aus der Kinderwelt betitelt, das nur Kinderstubenpoesie enthielt, vielleicht das früheste seiner Art. Es ist wunderhübsch ausgestattet. Mit seinem in einfachem Typensatz hergestellten Titel, den graziös von zartem Laubgewind umrahmten Textseiten verkörpert es den Geschmack seiner Zeit aufs vollkommenste und weit besser, als dies Büchern für Erwachsene gelingt.

Das ist es ja, was das Sammeln von Kinderbüchern so reizvoll macht: die liebenswürdige und fröhliche Ausstattung, welche für eine dem freundlichsten Alter gewidmete Literatur fast immer verwendet wurde. Alles, Bild und Inhalt so gut wie das Äußere unserer wirklich guten Jugendschriften muten heiter an — allerdings nicht in ihrer frühesten Zeit, wie wir noch sehen werden. Demnach ist auch die lyrische Muse im Flügelkleide ein vergnügtes Geschöpf, und ernste Kinderlieder oder erbauliche Gedichte für die Jugend sind ein Unding.

Im Anhange des Wunderhorn finden wir fast nur herzhaft lustige Kost, und auch die Schöpfer der Kunstdichtung für Kinder haben sich nur mit ihren munteren Erfindungen auf die Dauer behauptet.

Von alten Kinderlieddichtern des 16. und 17. Jahrhunderts ist spärliche Kunde zu mir gedrungen. Ich habe nicht versucht, ihr nachzuspüren. Vestigia terrent! Eine Sammlung vom Ende des 18. Jahrhunderts, die sich von Früherem wohl nicht sehr unterscheidet, ist mir gerade genug.

Da finden wir folgende Verse:

Nun ist es Tag. Mit frommem Dank
Verlaß ich Bett und Ruh
Herr, höre meinen Lobgesang
Mein erstes Wort bist du!

Ob der Sänger dieses an sich gewiß recht gut gemeinten Liedes jemals dabei war, wenn so ein Siebenschläferle munter wurde? Nun lassen wir den Klippschüler, das etwas vorgerückte Alter, weiter singen:

Meine Zeit verstrich bey Spielen
Und in jugendlichem Scherz.
Wie verkehrt, ich kann es fühlen,
Und wie eitel ist mein Herz!
Lästig war mir jede Pflicht
Nur der Jugend Freude nicht.

Herr, für meine Jugendsünden
Führe mich nicht ins Gericht!
Laß mich Gnade bey dir finden
Und vertilg' mich Sünder nicht.
Wolltest du mir schrecklich seyn,
Wie kann mir der Schlaf gedeihn?

Ich vertraue deiner Güte:
Vater, zürne nicht zu sehr!
Wenn du zürnst, dann ist die Blüthe
Und des Lebens Kraft nicht mehr.
Doch ich weiß die Rache ruht
Wenn der Sünder Busse thut.

Zur Überschrift, welche dem Lobgesange noch fehlt, schlage ich vor: „Der auszutilgende Sünder oder das kindliche Rabenaas." Danach bitte ich wegen des Abdrucks dieser Strophen recht sehr um Entschuldigung. Es kam mir nur darauf an, einmal zu zeigen, was man damals in der guten alten Zeit den Kindern zumutete. Auch Gedanken

Radierung von Wilh. v. Kügelgen
um 1830 zu F. A. Krummacher „Das Täubchen".

an Krankheit und Tod, glaubt dieser Kenner der Kindesseele (Chr. Sturm, 1783), seien der Jugend angenehm.

„Hinweg mit eitlen Kinderspielen
„Der Herr sey meiner Jugend Lust!"

und:

„Ich freue mich, mein Heil in dir!
„Du nimmst mein Fleisch an dich!"

Soll man so etwas für möglich halten? Nun, sehr verwundern müssen wir uns nicht, nachdem sogar ein Campe die kleine Seelenlehre für Kinder, und Lavater das Sittenbüchlein für Kinder des Landvolkes (1789) geschrieben — beides literarische Schwerarbeiten, die von Philosophie, Logik, Gesetzeskunde und ähnlichen Kindlichkeiten überfließen.
Wir wollen aufatmen in dem Gedanken, daß diese Zeiten der Unnatur überwunden sind, und uns an dem freuen, was auch aus jener Periode an Erquicklichem vorhanden ist!

Das waren mir selige Tage!

singt Chr. Ad. Overbeck in Frizchens Liedern, und noch heute singen wir mit ihm:

Komm, lieber Mai, und mache
Die Bäume wieder grün!

Auch das unvergessene „Blühe, liebes Veilchen" hat unsern ersten wirklich harmlosen Kinderlieddichter zum Ver-

Frizchens Lieder.

Herausgegeben

von

Christian Adolf Overbeck.

Hamburg,

bey Carl Ernst Bohn. 1781.

fasser. Er sagt in der Vorrede zu seiner 1781 erschienenen Sammlung: „Man hört aus den Kinderliedern unseres Weiße den herablassenden Lehrer, zwar meist im Ausdruck der Kinder, aber doch mit den Ideen eines Erwachsenen. Hier spricht, wenn ich's gut gemacht habe, wirklich ein Kind. Ich darf wohl sagen, daß dies die ersten Kinderlieder unter uns sind."

Er hat entschieden recht. Denn Weiße, den er zitiert, schrieb so gut moralisierende oder unkindlich frömmelnde Verse, wie nur einer aus der Zeit, getreu dem Geiste seines Wochenblattes, dem Kinderfreund. Gewiß ist auch Overbeck nicht ganz frei von diesem Zug, aber vieles, sehr vieles kommt dem Besten gleich, das uns erst die neuere Zeit bescherte.

Lange genug hat es gedauert, bis wir so weit waren. „Die Eule scheut das Sonnenlicht und kriecht in finstere Höhlen. Warum? Weil ihre Werke nicht den Menschen sich empfehlen", so singt Weiße, und dasselbe läßt sich von den meisten unserer frühen Kinderlieddichter sagen. Bertuch, Burmann, auch Chr. v. Schmid lieferten nur vereinzelt volkstümlich gewordene Verse. Der erstgenannte schenkte uns z. B. das allbekannte junge Lämmchen, weiß wie Schnee, und der zuletzt erwähnte das schöne Weihnachtslied: „Ihr Kinderlein, kommet", neben seinem Waldhornlied „Wie lieblich schallt durch Busch und Wald des Waldhorns heller Klang", noch überall gesungen. Gülls lustige Kinderlieder sind zum großen Teil noch in aller Munde, ebenso weiß Hoffmann von Fallersleben heute so gut wie vor fast 100 Jahren zu entzücken. Alle Vögel sind schon da — Kuckuck, Kuckuck, ruft aus dem Wald — O wie ist es kalt geworden — Ein Männlein steht im Walde — gibt's wohl ein Kind, das davon nichts zu singen wüßte und Gülls „Wer will unter die Soldaten" nicht kennte? Auch Friedrich Rückert möchte ich hier nennen, obgleich seine Märlein, die er 1813 fürs Schwesterchen dichtete, nicht eigentliche Kinderlieder sind. Aber die Strophen vom Bäumlein, das andere Blätter hat gewollt, und von den grünen Vögelein sind wohl singbar genug! Sie werden alle Zeiten überdauern, und an die neueren echten Jugendpoeten brauche ich hier nur zu erinnern — an Reinick, Loewenstein, Kletke, Sturm, Blüthgen, Trojan und die anderen vielen, die uns einen so herrlichen Strauß bunter Liederblüten gewunden haben. Unverwelklich wird ihr Werk bleiben, solange es noch fröhliche Kinder gibt, die aus heller Kehle mit den Vögeln um die Wette singen.

Die Schöpfung einer neuen Jugendliteratur

Wir haben Proben aus allerlei Kinderschriften kennengelernt, die charakteristisch für die frühere Zeit sind. Das waren aber Einzelerscheinungen, die noch nichts Stürmisches und Drängendes an sich hatten. Gewiß befand sich das kleine Publikum ganz wohl bei seinen Fabeln, Volksbüchern und biblischen Geschichten — der erzählten Märchen, der vorgesungenen Lieder nicht zu vergessen! Es ist nicht anzunehmen, daß der Wunsch nach Schaffung einer Jugendliteratur von den Kindern ausging — die Pädagogen waren es, die ihnen ihre trockene

Ware aufzwangen. Ob das zum uneingeschränkten Beifall der jungen Welt geschah? Ich glaube es nicht. Zwar noch heute gibt es Kinder genug, die wahl- und kritiklos jedes Buch durchschmökern, das nicht gerade nur Bibelsprüche und — Verse enthält, die nur lesen, um die Zeit totzuschlagen. Dazu haben ihnen die Jugenderzähler alten Stils redlich geholfen. Aber, wenn sie sich mit ihren Werken die Liebe der Kinder errungen hätten, würde mehr davon für die Dauer übriggeblieben sein.

Es war die Zeit der Aufklärung, welche Bestrebungen weckte, die Volksbildung allgemein und die Jugenderziehung im besonderen nach neuen, freieren Ansichten zu fördern. Da regten sich, von schöner Menschenliebe durchdrungen, die Basedow, Weiße, Salzmann und Campe — um nur einige der Bedeutendsten zu nennen, deren Namen wir hier schon mehrfach begegneten — neben vielen andern Schulmännern im Dienste der Jugend. Ob sie alle vom Lesestoff für Erwachsene ausgingen, z. B. von der Familienzeitschrift, der schon damals ein Beiblatt für Kinder angehängt zu werden pflegte — ob sie, wie es näher zu liegen scheint, das Lesebuch zur Jugendschrift erweiterten — diese Fragen sollen uns hier keine Kopfschmerzen machen. Die Idee, den Kleinen literarische Spielware anzubieten, und dies systematischer als früher, lag in der Luft. Zu keiner Zeit gänzlich verlassen, wurde sie jetzt nur mit mächtigerer Energie als jemals in die Praxis umgesetzt, und diese Bemühungen fanden auch einen besseren Boden als bisher.

Nachdem schon Anno 1770 und 1772 Kinderzeitschriften erschienen waren — als erste Adelungs Leipziger Wochenblatt für Kinder —, gab Weiße 1775 seinen „Kinderfreund“ heraus und setzte dies langweilige Unterfangen durch vierundzwanzig Teile bis ins Jahr 1782 fort. Ja, noch darüber hinaus verlängerte er sein hochberühmtes Opus durch den „Briefwechsel des Kinderfreundes“, der erst 1792, also nach 10 Jahren, einschlief. Ich muß sagen, daß mir dies letztere bei der Lektüre schon bälder begegnete. Im heißen Bemühen, dem klassischen Werke, das vielfach nachgeahmt wurde, etwas halbwegs Genießbares für das vorliegende Buch abzugewinnen, sei es auch nur etwas ungewollt Komisches, habe ich alle 36 Bände durchblättert — und nichts gefunden. Die Geschichten sind schlichtweg dumm, und eine ist wie die andere: moralisch bis zum Auswachsen. Nur ganz vereinzelt zeigt sich eine muntere Sprache, die aber auch nichts als das banalste Zeug zu Gehör bringt. Wären die hübschen Kupferchen nicht und hier und da ein besser gelungenes Liedchen oder Rätsel — man könnte dies Konglomerat von Prosa, Schauspiel — dem Albernsten vom Albernen — und Naturgeschichte unter die Abscheulichkeiten der Jugendliteratur rechnen. So wollen wir ihm seinen äußeren und den historischen Wert zugute halten und sogar einige Überschriften aus seinem Inhalte mitteilen. Da finden wir:

Proben edler Handlungen unter gemeinen Leuten in einigen auswärtigen Geschichten.

Der
Kinderfreund.
Ein Wochenblatt.

Fünfter Band.

Leipzig,
bey Siegfried Lebrecht Crusius
1776

Die Ankunft eines Elefanten in Leipzig und seine Naturgeschichte.

Von der Notwendigkeit, Begierden und Leidenschaften frühzeitig beherrschen zu lernen.

Karls Gedanken von der Flüchtigkeit des menschlichen Lebens. (Karl ist neun Jahre alt!)

Ein Kinderlied: Von der Notwendigkeit, frühzeitig Weisheit einzukaufen.

Ein physiognomisches Gespräch des Vaters mit Lottchen über die Schönheit.

Hinrichtung eines Mörders in Leipzig.

Edelmut in Niedrigkeit, ein Schauspiel.

Die wichtigsten Gründe der Verpflichtung zu einem weisen Gebrauche der Zeit.

Ich glaube, wir sollten uns dem nicht verschließen und aus solchen Gründen hier abbrechen.

Etwas durchaus Gleiches haben wir in Merkels neuem Kinderfreunde von 1794, und in zahlreichen ähnlichen Schriften wiederholt sich immer wieder dieselbe abgedroschene Idee der Rahmenerzählung. Es ist der Vater oder der Hausfreund, der gute Onkel oder die liebe Tante, die einem Kreise kleiner Erdenbürger Geschichten erzählen, sie mit lehrreichen Glossen in Fülle versehen und den stets aufgewärmten Brei nur durch eine etwas andere fade Tunke schmackhafter zu machen suchten.

Geschichten gleich denen des Weißeschen Kinderfreundes begegnen wir noch bis tief ins 19. Jahrhundert, ja noch

Reisen in die Ferne
oder
Vater Reinhold's Mittheilungen
über die
Erde und ihre Bewohner

ein Lese- und Bilderbuch zur Belehrung und Unterhaltung der Jugend in der Völkerkunde und Erdbeschreibung

von

H. E. Maukisch.

Mit 6 ill. Kupfern.

Leipzig.
Verlag von J. G. Taubert.

sogar unsere Zeit hält es für richtig, diese läppische Zwangsunterhaltung fortzusetzen.
Es wird mancher den Eindruck haben, als werde hier Weißes erfolgreiches Werk nicht seinem Rufe entsprechend eingeschätzt. Aber nur die Eltern und Erzieher halfen diesen Ruhm begründen und fortsetzen, der ihnen eine bequeme Art an die Hand gab, ihre Sprößlinge zu unterhalten. Ich stehe auf der andern Seite, suche nach guter, herzhafter Kost fürs kindliche Gemüt und mag deshalb selbst die menschenfreundlichsten Langweiler nicht leiden. Ihre bahnbrechende Bedeutung soll deshalb doch voll anerkannt werden.
Besseres als von der Weißeschen Prosa läßt sich von der Salzmanns und Campes sagen. Der erstere ist mit seinem Joseph Schwarzmantel (1810) — und mit seinen noch viel besseren Schriften für Erwachsene — zu Unrecht vergessen. Der Erzähler des Robinson aber steht noch im allerfrischesten Andenken. Hat man doch die früher verschriene Form der in seine Geschichten eingestreuten Gespräche wieder in ganz neuzeitlichen Büchern angewendet. Der Robinson selbst, dessen Held im Gegensatz zum Defoeschen Urbild ohne alle Hilfsmittel strandet, erscheint in diesem Punkte besser als das Original, das bekanntlich keine Kinderschrift war.
Über diesem besten aller seiner Bücher haben wir andere hervorragende Werke Campes aus den Augen verloren. Seine Kinderbibliothek in sechs Teilen ist dem Weißeschen Kinderfreund allerdings nicht sehr überlegen und gibt

Der lieblose Heinrich und der frome Jude.

Aus dem „ABC- und Lesebuch für die Frankischen Stiftungen“
Halle 1825.

obendrein noch Beiträge anderer Schriftsteller, aber doch wenigstens recht muntere. Campes Abcbuch ist sicherlich eine der freundlichsten Erscheinungen seiner Zeit, und aus seinen gesammelten Werken — 35 Bänden — verdiente so manches erneuert zu werden. Etliche Reisebeschreibungen und die Entdeckung von Amerika können wir heute noch sehr gut lesen, seine klare, wohlklingende Sprache neben manchem literarischen Gestammel unserer Tage doppelt genießen.

Aus dem „ABC- und Lesebuch für die Frankischen Stiftungen" Halle 1825.

Mit der Campeschen Gesamtausgabe mochte dazumal eine lesehungrige Kinderstube für eine gute Weile versorgt sein. Es war jedes Alter berücksichtigt worden. Nachdem im Abcbuche, dem ersten Bändchen, das Buchstabeln erlernt war, gab es als erste Übung im Lesen kurze Fabeln in der eigenartigsten Orthographie.

Dreiundzwanzig dieser reizenden Fabelchen, eine immer hübscher als die andere, sind vorhanden, und dazu hat ein sehr guter Künstler die entzückendsten bunten Kupfer geschaffen. Oben das greifbare Abbild des Textes, unten in den zartesten Figuren eine sinnbildliche Darstellung. Beim Bären, an dem die Bienen als verfolgte Unschuld sich rächen, steht der Geßler-Hut und liegt Tells Geschoß. Beim Mops, der den Mond anbellt — die bekannte Fabel stammt hierher —, brennt das Kopernikanische System in einem Pergament auf dem Scheiterhaufen, den die Unduldsamkeit errichtete, dargestellt durch Krummstab, Kardinals- und Bischofshut. Jeder Buchstabe bekommt seine kleine Erzählung. Beim W lesen wir:

Der widehopf und das windspil.

widehopf. du! gleicht mir nicht das bunte Wesen da,
das so im federschmuk einherstolzt und sich blähet?
windspil. und komt nicht auch das andre tirchen da
das neben ihm sich krümt und drehet
mir selber fast an wuchs und feinen sitten nah?
widehopf. man mus gesteh'n die menschen treibens wirklich weit
und werden, geht's so fort, an zirlichkeit
noch endlich unser einem völlig gleichen.
windspil. doch sicherlich von außen nur;
am innern werden sie uns imer weichen;
denn machwerk ist ihr thun, das unsrige natur!

An die Fabeln schließen sich kleine Erzählungen, die sich in den folgenden Bändchen fortsetzen, bis der Robinson und die Reisebeschreibungen sie ablösen. Es sei nachgeholt, daß Campe im Leseunterricht viel verlangte. Worte wie konstantinopolitanisch, tlantlaquakapatli, mnemono werden stufenweise beigebracht, wie fix muß es da nachher mit den weniger zungenbrecherischen gegangen sein! Noch sehr gutem anderen aus Campescher Feder werden wir begegnen, allerdings auch unkindlicher Philosophie, die dann zumindest kindlich vorgetragen wird. Man geriet bei den guten Bestrebungen eben übers Ziel hinaus. Die künstlich geschaffene Jugendliteratur schoß von Anbeginn üppig ins Kraut. Feddersen, Glatz, Pastor H. Müller, Amalie Schoppe sind solche fruchtbare und furchtbare Talente, deren Massenproduktion heute der verdienten Vergessenheit verfallen ist. Nur den Bilderschmuck, die naive Kunst aus Urgroßvätertagen, schätzen wir noch an jenen Büchern, Büchlein und Büchelchen, der Text ist Spreu, die der Wind verweht hat.

Bald war alles, was die Erwachsenen damals lasen, ins Kindliche umgesetzt. Es gab Almanache, Taschenbücher, Dramen für Kinder — notabene, lauter dummes Zeug. All diesem Gemachten und künstlich Gezüchteten ist etwas unendlich Abgeschmacktes eigen, man kann das nicht oft genug wiederholen. Die spezifische Jugendliteratur begann mit einem großen Fiasko, soviel ist sicher. Da wollen wir denn aus dieser Periode nur einige Weizenkörner herausheben, die in neuem Erdreich wohl wieder lustig keimen, grünen und reiche Frucht tragen könnten, wenn sich der Rechte fände, der ihnen zu frischem Leben verhilft.

Weltliteratur und Klassiker

Ein Buch, das die gärende Philanthropistenzeit, von der eben die Rede war, in allen seinen Teilen, in jeder Hinsicht widerspiegelt, ist die erste Bearbeitung des Don Quichote für Kinder von 1787. Man hat früh begonnen, der Jugend unsere ganz Großen vorzuführen! Dieser Cervantes für die Klippschule ist in mehrerer Hinsicht interessant geworden. Der ungenannte Herausgeber liefert in seinem Nachwort, einer Beilage für Erwachsene, die der Buchbinder weglassen sollte, Anweisungen über Veranlassung, Nutzen und Gebrauch seiner „Lustigen

Titelbild
zu einer frühen deutschen Robinsonausgabe.
Anfang 18. Jahrh.

Kinderbibliothek", deren erstes Bändchen der Don Quichote bildet. Der Hauptzweck des Büchleins ist „reine Belustigung", und an einer anderen Stelle wird abermals betont: Nur der Unterhaltung sollte das Werkchen dienen. Dabei kann der gute Mann aus seiner pädagogischen Lederhaut so wenig heraus, daß er es sich doch nicht versagt, in Anmerkungen den Bakel zu schwingen. Er stellt hier Fragen aus der Geographie- und Naturgeschichtsstunde, er examiniert: Wie heißen die Gebirge von Spanien? Welches ist die größte Eidechse? und er gibt Moral- und Geschichtsunterricht, wo er nur kann. Löblich, sehr löblich, dies in Fußnoten zu bringen! Man kann sie überschlagen. Aber noch mehr: im sechsten Kapitel setzt sich der Marburger Anonymus mit der Theorie der Liebe auseinander, wie er sie für Kinder dienlich erachtet, und erläutert auch im Anhang an Beispielen, wie man der Jugend die Begriffe hierfür beibringt. Im übrigen hält sich der Aufklärer an die gute Bertuchsche Übersetzung des Don Quichote und läßt selbst sehr Derbes nicht fort, was wir heute sogar in den Ausgaben für Erwachsene nicht finden. Dazu sagt die Fußnote dann etwa: „Wieder ein Ausdruck à la Sancho, aber Sancho hatte in seiner Jugend keine Erziehung."

Vor diesem Buche hüte sich, wer zipp ist oder zimperlich! „Da sehet Ihr nun offenbar, daß die Liebe des Verliebten weiter nichts als ein Eichhornschwänzchen ist, mit welchem der Verliebte eine Person bloß deswegen streichelt, damit sie es nehme und ihn wieder damit streichle...

Robinson's erstes Nachtlager auf der Insel.

Wer verständig ist, siehet sogleich das Abgeschmackte der Sache ein und übersetzt statt dessen lieber ein Stück aus einem alten Lateiner ..."

Daß ich mich etwas länger beim Don Quichote aufhielt, möge man meiner Vorliebe für das Werk des Cervantes zugute halten und dem Wunsche, aus dem Wust der damaligen Jugendliteratur wirklich Bemerkenswertes herauszugreifen. Auch den Gil Blas des Lesage hat man zu jener Zeit für Kinder hergerichtet, aber nicht so vergnüglich. Im Almanach für Jünglinge, Berlin 1802, bei Friedr. Maurer, ist der Roman jugendlich frisiert, mit vier hochromantischen Kupfern ausgestattet und in Ungerfraktur schön gedruckt worden.

Der Gil Blas! Warum nicht gar ein Dekameron für die Kinderstube? Auch von diesem kann ich eine solche Ausgabe vorstellen, in Hannover 1815 für die Italienisch lernende Jugend erschienen. Man hat einiges auslassen müssen.

An den Grimmelshausenschen Simplizius wagte sich erst eine spätere Zeit, er war damals ziemlich vergessen. Swifts Gulliver aber, rechtes Fabulierwerk für die kleine Welt, wurde auch zu Anfang des 19. Jahrhunderts schon in die Kinderstube getragen, und vom Robinson sprachen wir bereits. Von der Weltliteratur haben sich Gil Blas und Dekameron im Kreise der Halbwüchsigen nicht behauptet, die andern aber sind ihre Lieblingsbücher geworden. Es sei hier noch erwähnt, aber nur als Kuriosum, daß auch der wohlbekannte Knigge für die Jugend zurechtgemacht wurde. J. G. Gruber, der dies vollbrachte, hat allerdings eher etwas Neues als eine Bearbeitung des Umgangs mit Menschen geschaffen. Kaum ein Buch von Bedeutung entging um die Wende des 18. Jahrhunderts seinem pädagogischen Zuschneider.

Neben diesen Versuchen, die große Literatur zu verkindlichen, finden sich erfreuliche Anläufe unserer klassischen Autoren, sich in den Dienst der Jugendliteraturbewegung zu stellen. Der witzige Musäus hat 1788 ein reizendes Büchlein geschrieben, das heute gänzlich verschollen ist: Die moralische Kinderklapper für Kinder und Nichtkinder. Dem Inhalt nach auch nicht viel mehr als ein erzieherischer Katechismus, aber in der Form so hübsch, wie wir's von dem lustigen Märchenerzähler nur immer gewohnt sind.

„Der alte Invalid und Philosoph Hans Kannemann," heißt es da, „den viele Leute noch vor wenig Jahren kannten, besaß, wenn gleich in seiner Kaffernhütte, nebst Kind und Weibe neben ihm, die magere Armuth haußte, dennoch den wahren Stein der Weisen, das goldne Vließ der Unbeglückten, die Gabe der Zufriedenheit. Ihn drückte keine Not, er fühlte keinen Kummer, und über jeden Mangel wußt' er sich zu trösten. Hört' er den reichen Vogt, den Podagristen, schrey'n, so rief er aus: Gott segne mir mein hölzern Bein! Das macht mir keine Überlast, Stört weder meine Ruh' noch Rast, mir schmeckt dabey mein Essen und mein Trinken, ich kann zur Not so gut, als wie mein lahmer Nachbar hinken. Auch

Kapitän Gullivers Reise nach Liliput. Leipzig um 1830.

wechsle ich oft mit einem neuen Bein — das kann er nicht — und heize mit dem alten ein."
Herder gab 1786—88 mit A. J. Liebeskind die Palmblätter heraus — erlesene morgenländische Erzählungen und Parabeln, die zum Besten gehören, was wir überhaupt in der Jugendliteratur haben. Auch sie sind lehrhaft und erziehend, aber nicht pedantisch, fromm, aber nicht frömmelnd, und welch eine hinreißend schöne Sprache ist darin! Das Buch, 1857 neu mit Hosemannschen Bildern ausgestattet und in dieser Form besonders schön, wurde

so wenig begehrt, daß ein großer Teil der Auflage nicht abgesetzt werden konnte. Deshalb war es vor etwa zehn Jahren noch zum halben Preise zu haben, ladenfrisch, dank dem Ungeschmack des Publikums.

Noch ein Dritter, der einst einen guten Namen besaß, hat viel für die Jugend getan: Ernst von Houwald, geboren 1778. Er gab sein Allerbestes im „Buch für Kinder gebildeter Stände", drei Bände, 1820—24, mit feinen Rambergschen Kupfern. Es sind wieder Schauspiele, längere Gedichte, Erzählungen und Märchen, nicht alle gleichwertig, aber alle weit aus den Niederungen ihrer literarischen Umgebung hervorragend.

August von Kotzebue, der fruchtbare Dramatiker, hat 1812 einen Band „Geschichten für meine Söhne" erscheinen lassen. Der Vorrede nach sind es mindestens acht Stammhalter gewesen. Unter den elf Erzählungen fand ich zwei, die mir dem Inhalte nach leidlich gefielen, gut geschrieben sind sie alle. Eine Schauergeschichte und eine Robinsonade fehlen nicht — ohne diese wagten sich damals nur wenige Bücher in die Öffentlichkeit. Bedeutend kann man dieses Werk aus berühmter Feder nicht nennen.

1824 schrieb Hebel seine biblischen Geschichten — wieder ein Beispiel dafür, daß sich ein Großer gern liebevoll zu den Kleinen neigte. Auch sein Schatzkästlein wird damals bei Kindern ebenso beliebt gewesen sein wie heute, da es zum wahren Volksbuche wurde.

Weniger bekannt als er es verdient ist Hebels Zeitgenosse Fr. Jakobs. Seine „Feierabende in Mainau" (1820) und ähnliche Sammelbände kleiner Erzählungen sind nicht oft von späteren Autoren erreicht worden. Man sucht heute krampfhaft nach guten Jugendschriften, druckt nur die allbekannten Sachen ab und geht an altem Golde vorbei, das später durch Talmi-Nachahmungen verdrängt und verschüttet wurde.

Wenn z. B. des guten alten Löhr kleine Erzählungen (1800—1809) immer wieder neu gedruckt werden und es zum Teil auch verdienen — warum verfallen so manche, die uns Besseres gaben, der Vergessenheit? Vermutlich nur, weil so wenig mehr von ihnen erhalten ist. Ritter-, Räuber- und Schauergeschichten, romantische und sentimentale Ware aller Art, aus eben der Zeit stammend, ist genug auf uns gekommen. Die Sammlerwelt nahm sich ihrer an und suchte darunter nach Raritäten. Die Kinderbücher aber blieben, was unsere öffentlichen Bibliotheken „kleine Literatur" nennen, und das werden sie bleiben. Man ging und geht noch heute achtlos an ihnen vorbei — es gab ja alle Jahre Neues, das ebenso vergessen wurde. Nur der Illustrationen wegen beachtete man wohl die oder jene Jugendschrift, und auch dann noch nicht den Text, der meist ungelesen in die Ecke flog, während nur die Kupfertafeln aufgehoben wurden. Es ist wahr, Wertvolles mag aus der ältesten Zeit der Kinderliteratur nur wenig vernichtet worden sein, aus späteren Jahren ist aber manches Gute durch die Gleichgültigkeit derer zugrunde gegangen, die es zu schützen, zu erhalten berufen waren.

Der treue Pudelhund.
Aus Blumauer, Das Huhn und seine Küchlein. Gotha 1832.

Äußeres

Ungemein vielseitig sind in alter Zeit die Versuche gewesen, unsere Jugend zu unterhalten. Wir hörten von den Fabeln des alten Waldis, vom Epos Rollenhagens, lernten Lese- und Anschauungsbücher kennen, die moralische Erzählung, Märchen, Sage und Kinderlied, ebenso das Unterfangen, die eherne Münze der Weltliteratur durch Umprägung kursfähig unter dem kleinen Volke zu machen. Noch stehen wir an der Schwelle eines Gebietes, das schon gewaltige Ausmaße zeigt, noch ist aber dieser Anfang am ganzen Habitus der Jugendschriften zu erkennen. Alle diese Werke für die Kleinen gleichen noch aufs Haar denen für Erwachsene. In schlichten, grünlich oder braun überzogenen Pappbänden, wenn's hoch kam mit gepreßten und vergoldeten Lederrücken, präsentieren sich all diese Oktavbändchen, die mit spärlichen Kupfern versehen wurden. Der Einband erhielt noch nichts Besonderes, und ein Schrank voller Kinderbücher aus jener Zeit stellt sich nicht viel anders dar als eine Bibliothek erwachsener Literatur aus Goethes Tagen. Zuweilen begegnen wir allerdings einem etwas reduzierten, kleineren Händen angepaßten Format, z. B. bei Campes Schriften oder bestimmten Nürnberger und Leipziger Büchern. Diese aber leiten uns schon in die neuere Zeit hinüber und bilden zunächst noch Ausnahmen von der Regel. Zu Beginn des 19. Jahrhunderts, stärker um 1820, vollzieht sich die Wandlung. Während ziemlich aller Neuerscheinungen Inhalt sich noch in den altgewohnten, nun schon ausgefahrenen Geleisen stumpfsinniger Erziehungstaktiken bewegt, wird die äußere Form gern geändert. In mehr quadratischem Umriß, einer gedrungeneren, dickeren Gestalt treten jetzt die Jugendschriften auf, und damit aus der Reihe der Bücher für die großen Leute. Dazu bekommen sie immer häufiger einen reich verzierten, entweder durch Typensatz oder Steindruck hergestellten Umschlag. Insbesondere aber zeichnen sie sich durch die illuminierten Kupfer aus, ohne die ein Kinderbuch von nun an nicht mehr sein darf.

Hatte es dergleichen Herrlichkeiten bisher nur selten gegeben, so wurden sie jetzt zur allgemeinen Regel. Und was für Farben sind es, die uns aus der graulichen Wüste eintönigster Geschichtenmacherei entgegenleuchten!
Mir scheint in jener biedermeierlichen Zeit eine Vorliebe für Karmin, Orange und Ultramarin zu bestehen, auch ein leuchtendes Grün wird vielfach verwendet. Wo bleiben neben diesen funkelnden Gewändern, neben dem Azur des Himmels, den wildwabernden Flammen der Vulkane und Feuersbrünste die einfach schwarz-weißen Kupfer und Steindrucke, wie sie für die langweiligen großen Leute im allgemeinen gut genug waren? Wo blühen wieder solche Rosen, wo leuchten solch rotbackige Äpfel und Gesichter, wo blinken noch solche Husaren in grünem Dolman und gelbverschnürtem, krapprotem Waffenkleide? Selbst der schlichte, mausgraue Zylinder des edlen Vaters, die lohgelbe Kopfbedeckung der schönen Mutter rufen unsere Bewunderung wach. Da ist ein Ofen: oben grün, unten schwarz. Aber aus der Schwärze blickt ein feuriges Auge und von diesem bezaubernden Fleckchen her wird das ganze Biedermeierzimmer warm. Und erst der Papagei mit rotem Schopf, gelbem Hals, grünen Flügeln und blauem Leibe, wie strahlt er uns an, indem er alle Farben seines kleinen Körpers nun auch noch im kühn geschwungenen Schwänzchen wiederholt! Ein Knabe reicht ihm Zucker. Er ist lichtultramarin angezogen, mit weißem Spitzenkragen und einem roten, einem karminroten Gürtel. Das ist gewagt, und doch finden sich nirgends schrei-

ende Gegensätze, die das Auge beleidigen. Das sichere Gefühl des Koloristen trifft selten daneben, er versteht sein Handwerk.

Und ein Handwerk war's im allerbesten Sinne, das Illuminieren. Alle Farben wurden zunächst noch mit dem Pinsel, zuweilen sogar ohne Schablone aufgetragen, Jahrzehnte hindurch, bis der lithographische Farbendruck die Technik vereinfachte und — verflachte. Wenn dann noch solch ein sprühendes Blumenbeet der Koloristik einen Rahmen aus nicht illuminierten kleineren Bildchen erhielt, wie es in den 1830er Jahren gebräuchlich war, so hebt sich die Mitte in besonderer Leuchtkraft aus dem Schwarzen heraus. Man gab damals schon etwas auf gute, zugkräftige Ausstattung der Kinderbücher, die bei großem Wettbewerb nur recht ins Auge fallen mußten.

Sehr beliebt waren die gestochenen oder kunstreich lithographierten Titelblätter, die mit kleinen Bildchen als Vignette verziert waren. Sie enthalten dieselben Farben wie das Titelkupfer, und die zwei Blätter vereint nebeneinander in Bild, Schrift und Kolorit wetteifernd, wie entzückend ist das alles!

Die Farbe wird von jener Zeit an das Charakteristikum der Kinderschrift, und es scheint, als ob die Titel der Bücher für die Jugend davon angesteckt würden.

„Blumengewinde in Vater Rosenfelds Lieblingslaube!" „Bilder der Jugend, Unschuld und Tugend!" „Ehrenbuch der Jünglinge und Jungfrauen in Kirschenthal!"

Madame Kickebusch und ihr Hund Azor. Leipzig 1830.

— ach! wenn doch die Geschichten selbst diesen schwungvollen Titeln entsprochen hätten!

Das war aber immer noch nicht der Fall. Je bunter die Bilder, desto eintöniger der Inhalt, das scheint sich als Genusregel zu bewähren. Selbst der stolze Quökelhahn, ein Werk des vielschreibenden Pädagogen Joh. Jeremias Kummer, braucht sich durchaus nichts auf den Text einzubilden, den er hinter sich hat. Und das ist solch ein gerade äußerlich besonders reizvolles Büchlein, das noch dazu eine Menge Auflagen erlebte und bis in die 1870er Jahre in immer neuer Form herauskam.

Der Affe in guter Laune. Leipzig 1835.

Aus Biedermeier juniors Bücherschrank ist mir nur sehr weniges bekannt, das heute noch lesenswert, ja überhaupt lesbar wäre. Sollten sich nur die unnützen Texte aus den Jahren 1820—1840 erhalten haben? Das ist wohl nicht anzunehmen.

Die meisten der so schön bunt illustrierten Jugendschriften jener Zeit enthalten denselben nichtssagenden Text, mit dem man schon früher, und auch heute noch, unsern Nachwuchs abzuspeisen für genügend hält. Wirkliche Schriftsteller von Ruf haben sich in jenen beiden Dezennien nur ganz selten, noch weniger als vorher, und weniger als illustrierende Künstler am Kinderbuche beteiligt. Nach wie vor mußte eine derzeitige Unterhaltungsschrift zum Zeichen ihrer Echtheit mindestens drei arme, aber ehrliche Witwen enthalten, deren reiche Nachbarinnen im Überflusse fühllos schwelgen, bis sie, nebst den dazugehörigen, hochmütigen Hannchen, Elischen und Friederikchen durch veränderte Vermögensumstände aus herzenskalten Kreaturen in sehr demutsvolle und nächstenliebliche verwandelt werden. Auch dürfen etliche Heinriche und Gottliebe nicht fehlen, welche goldgespickte Geldbeutel finden und verspottete Juden nach Hause geleiten. Natürlich sind das Geldbeutel, die auch in Zeiten bitterster Not nicht angegriffen werden, und Hebräer, welche später den verlorenen Familienschmuck wieder zutage fördern, nachdem ein braves Dienstmädchen deswegen schon in bemerkenswerten Verdacht geraten war. Ein freundlicher Bettler mit der Silberlocke, dem der Jahrmarktsgroschen geopfert wird, muß im Bilde zu sehen sein, auch ein Obstkletterer, der in anatomisch unmöglicher, aber zur Abschreckung gut gesehener Haltung an allen rettenden Ästen und sämtlichen Sprossen der Stehleiter vorbeiprasselt. Man begegnet unfehlbar dem verirrten Christian, der in Ermangelung einer Köhlerhütte scharf am Rande des Abgrundes nächtigt und sich so lange von den Beeren des Waldes ernährt, bis der Leser Leibschmerzen bekommt.

So ist ein Durchschnittsbuch dieser Zeit beschaffen, und so sind sie alle, die nicht über Mittelmäßigkeit hinauskommen. Auch die Weltgeschichte wird mehr und mehr zum Vorwande benutzt, langweilige Erzählungen zu entschuldigen, und wie traurig es mit den Märchen im allgemeinen bestellt war, hörten wir schon. Sehr beliebt sind Reisebeschreibungen, die entweder fremden Literaturen entlehnt oder sonst aus erwachsenen Büchern für die Jugend hergerichtet wurden — nichts einfacher, als einen Kinderbuchtext anzufertigen! Zuweilen finden wir (aber) auch wohl auf dem Titelblatt den stolzen Zusatz: „Eigene, nicht abgeschriebene Arbeit! In der Vorrede folgt dann die Erklärung, daß moralische Lehren ohne Beispiele gegeben, für Kinder zu trocken seien. Oft auch zu bitter, heißt es dann weiter, und was ist natürlicher, als daß man den Kalmus in Zucker tauche, damit er genießbarer werde? Das ist ein buchstäbliches Zitat, verzuckerter Kalmus also eine sehr stilgerechte Bezeichnung für derartige Machwerke. Übrigens gilt das nicht nur für Anno dazumal, sondern bis in die neueste Zeit hat diese Regel ihre Geltung. Das große Publikum ist leider sehr gleichgültig beim Einkauf von Kinderbüchern.

Klassische Jugenderzähler

Es gab eine Zeit, da wurde Christoph v. Schmid als Ideal aller Jugendschriftstellerei gepriesen. Er war der hl. Nepomuk sämtlicher Eltern und Erzieher, der eiserne Bestand aller Schulbibliotheken. Neben ihm verblaßten selbst Amalia Schoppes pappdeckelne Erzeugnisse, deren (nur buchstäblich zu nehmende) Vielseitigkeit doch beinahe den Wettbewerb mit der Produktionsmaschinerie des braven Christoph aufnehmen konnten. Sie vermochten es um so eher, als sie mit schönen bunten Kupferchen ausgestattet waren, während des Domprälaten sämtliche Werke — es sind ihrer 18 Bände — sich mit ebenso langweiligen Stahlstichen begnügen mußten. Der wackere Schmid hat es ja gut gemeint, und sein Heinrich von Eichenfels, seine Ostereier und ein paar andere Geschichten gerieten ihm gar nicht übel. Nur die Häufung frommer Ermahnungen, die schier unglaublichen Himmelsfügungen und die unwirkliche Darstellung mancher von seinen kindlichen Figuren gefallen uns heute nicht ein bißchen mehr. Bei alledem haben wir ihn im unkritischen Alter gern gelesen, und er hatte großen, nachhaltigen Einfluß auf die Jugendliteratur. Man sah in seinen Geschichten die goldene Tugend belohnt, das schwarze Laster be-

Die
Ostereyer.

Eine Erzählung
zum
Ostergeschenke
für
Kinder.

Von
dem Verfasser der Genovefa.

Landshut. 1816.
in der Krüll'schen Buchhandlung.

„In demselben Augenblicke aber krachte es. Der Ast, auf welchem die Nesträuber standen, zerbrach, von Zweig zu Zweig polterten sie herab und fielen hart auf die Erde.“

straft, man erlebte allerlei romantische Abenteuer — was wollte man mehr? Die Moral mit dreinzugeben, das war ihm so überkommen, ist auch alte deutsche Art und störte nicht sehr bei raschem Lesen. Ein wenig trocken wurde wohl die Zunge, und deshalb zeigen sich weniger Fingerabdrücke in diesen Büchern. Oder sollte dies gar daher kommen, daß — zuweilen ganze Seiten überschlagen wurden?

Man sieht, ich unterschätze diesen einflußreichen Mann, trotzdem ich seine vielbändige, schöne Gesamtausgabe neben der des weit mehr von mir verehrten Campe stehen habe. Dies aber kommt daher, daß in der ganzen Jugendliteratur nur zweimal der stolze Titel einer „Gesamtausgabe von letzter Hand" den Werken dieser beiden Autoren mitgegeben wurde. Campe hat es auf 35 Bände, Schmid nur auf die Hälfte gebracht, aber dafür hat er das größere Format.

Auf die Menge scheint es anzukommen. Das weiß auch Franz Hoffmann, das weiß W. O. v. Horn (W. Oertel) und so mancher andere, dessen Name trotz alledem vergessen ist. Wer z. B. erinnert sich heute noch eines Richard Baron, eines Ph. Körber, Ferd. Schmidt, G. H. Schubert, die alle unleidlich viel, aber unter dieser Fülle auch manches Gute geschrieben haben. Vielleicht vermißt man noch einen in diesem Reigen: Gustav Nieritz. Ich habe ihn mir verspart wie einen Leckerbissen. Man hat ihn auf die schwarze Liste gesetzt, und viele Kritiker haben ihn in Grund und Boden verurteilt. Ich habe aber noch nicht gehört, daß einer seiner Richter etwas für die Jugend geschrieben hätte, das besser und dauerhafter wäre, und ich habe Nieritz' Geschichten lieber gelesen als die Abhandlungen über ihn. Sie waren humoristischer.

Durch die Bank kann ich ihn nicht loben, aber doch hoffe ich, daß noch manches Jahrzehnt vergehen wird, bis man seine wirklich guten Erzählungen im Strome der Zeit gänzlich vergißt. Daß er auch einige seiner Bücher selbst zu illustrieren versuchte, ist ebensowenig bekannt wie die Art seiner Erstlingswerke. Richtige, verliebte Schauerromane sind es, die er im ersten Drittel des 19. Jahrhunderts in die Welt schickte. Ich fand sie einmal zusammengebunden mit einzelnen Nummern seiner „Jugendbibliothek". Die Jungens, denen man sie anbot, werden sich aber gefreut haben!

Nieritz ist durchaus nicht frei von den Fehlern, in die andere Jugendschriftsteller verfallen, welche zu viel schreiben. Er ist aber ein gut Teil origineller. Auch er hält sich, dem Geist der Zeit folgend, gern an historische Vorgänge, nur ist ihm die Erzählung die Hauptsache, und seine glänzende Darstellung führt ihn zu vollem Erfolg, wo andere es nicht über eine trockene Geschichtsstunde hinausbringen. Wundervoll sind seine Naturschilderungen. Er liebt das Grausige und wirkte damit mächtig auf uns Buben. Wir haben seine spannenden Geschichten, sie erschienen keineswegs unwahr, verschlungen! In der Erfindung ist der heut Unterschätzte verblüffend, oft genug,

Aus Atzerodt, Geschichten und Gespräche für Kinder. Um 1825.

daß man es im ausdrücklichen Gegensatz zu seinen Kollegen von der Feder hervorheben kann.
Da bringt er z. B. in die Geschichte von Gutenberg ein verwildertes Mädchen hinein, das im Walde gefangen wird. Es nährt sich von Regenwürmern und schwarzen Schnecken, es ist höchst gruselig zu lesen. — Zwei Büblein, das eine ist vom Blitz erschlagen, das andere ertrunken, treffen sich als abgeschiedene Seelen im Jenseits. Wir erleben mit ihnen Dinge, die nicht einmal Dante bekannt waren, phantastische, fesselnde Begebnisse — auch ein Erwachsener kann sich vom Inhalt eines Kinderbuches überraschen lassen.
Nieritz ist eine interessante Erscheinung. Ich glaube, in späteren Jahrhunderten wird man ihn wieder entdecken. Dazu ist er so recht geeignet, und es werden heute viel Unbedeutendere ausgegraben. Auch die vor ihm Genannten, unsere Hoffmann, Horn und die andern, haben unter ihrem Vielzuvielen abwechselnd Gutes und Schlechtes geliefert. Sie geraten mit ihren Erzeugnissen noch aus der Biedermeiersphäre heraus. Im einzelnen unwichtig, haben sie doch der Jugendliteratur damaliger Zeit ihr besonderes Gepräge gegeben. Die Kinderschriften waren allmählich besser geworden, dennoch würde ich allein ihrer Texte wegen nicht bei ihnen verweilen. Ihrer Bilder, ihrer ganzen neuartigen Ausstattung zuliebe stelle ich eine Gruppe von Büchern vor, die unter einem glücklichen Doppelplaneten das Licht der Welt erblickten: in dem nun aufgehenden Stern Hosemanns und seiner Verleger Winckelmann und Söhne.

Der Aufstieg

Zu ganz vereinzelten Malen nur hatten bisher die großen Künstler für die Jugend gezeichnet. Daß einer unserer Besten nun mehr den Kindern als den Erwachsenen sich widmete, soll sein schönstes Ruhmesblatt bleiben.

Schon zu Beginn der 1830er Jahre erschienen die ersten Kinderbücher mit Hosemannschen Illustrationen. Anfangs noch kleine Oktav-Formate, aber 1835 der erste stattlichere Band, und dann die übrigen in rascher, ununterbrochener Folge.

Zweihundert Hosemann-Bändchen sind eine lange Reihe — wenn man sie alle durchblättert und immer wieder von ihren so oft dasselbe Thema behandelnden Steindrucken angezogen wird, so ist das zum Erstaunen. Der große Künstler, der so viel fürs kleine Volk getan und, angeregt von seinen Verlegern, eine ganz neue Art von Kinderbüchern geschaffen hat, entzückt uns immer wieder durch seine graziöse, leichte Hand und den feinen Humor, der von seinen Bildchen ausgeht.

Leider finden wir wieder, daß die Texte, zu denen Hosemann seine lebendigen Illustrationen lieferte, in den allermeisten Fällen versagen. Nur wenige sind gut, so die der stets munter plaudernden A. Stein (Margarethe Wulff),

Th. Hosemann, Illustration zum Märchen vom kleinen Däumling. 1841.

deren 52 Sonntage heute noch verlegt und gelesen werden, wie überhaupt alles von ihr. Auch mancher andere Mitarbeiter an dem ungemein rührigen Berliner Verlage wäre zu nennen, manches Gute zu erwähnen. Dies aber kann im Rahmen unseres Buches nicht durchgeführt werden, angesichts der Fülle von Gestalten, die uns auf dem Parnaß der Jugendschriftsteller begegnen. Wir müssen uns mit wenigen Vertretern ihrer Art begnügen, und das um so mehr, je weiter wir in die neuere Zeit vordringen. Das Kinderbuch dieser Jahre bekommt ein ganz anderes Gesicht. Vom Erfolg des Winckelmannschen Verlages beeinflußt, entstehen überall jene lustig bunt überzogenen Pappbändchen, die in reicher Ornamentierung immer wieder Neues darstellen. Es ist noch nicht darauf aufmerksam gemacht worden, welcher mannigfachen Formenfülle wir hier begegnen, und nur hier, denn die Bücher für Erwachsene entfalten nicht entfernt diese Abwechslung an

Motiven des Einbandes. Erst die jüngste Zeit wendet sich dem farbigen Umschlag wieder zu.

Immer mehr, immer fröhlicher entfalteten sich diese Kelchblätter einer bunten Blüte, bis der Höhepunkt mit den geprägten, in Gold und den leuchtendsten Farben des Regenbogens schimmernden Einbänden erreicht ist. Wie mag es unter dem Christbaum geblitzt und gefunkelt haben, als solche Köstlichkeiten in all ihrer Frische für 20 oder 25 Silbergroschen zu haben waren!

Das mehr anerkannte Charakteristikum für diese Bücher sind neben den bunten Umschlägen die handkolorierten Steindrucke. Bei Winckelmann und Söhne wurden bis in die 1860er Jahre die Farben ohne Schablone aufgetragen.

Th. Hosemann, Illustration zum Märchen vom kleinen Däumling. 1841.

Leicht und sparsam verwendet, gaben sie der Zeichnung mehr vom Aquarell als irgendein anderes Verfahren. Der lithographische Farbendruck, so fein er bisweilen ausgeführt wird, kann diese Wirkung nicht erreichen, auch die heute gebräuchlichen Buntdruckmethoden haben den Reiz nicht. Die alten Bücher, aus dem Geist ihrer Zeit geboren, lassen sich nicht nachahmen. Wird es versucht, so haftet ihnen etwas Gemachtes, Unnatürliches an. Freuen wir uns, daß wenigstens die Hosemann-Bilder schon frühzeitig von Sammlern entdeckt und bewahrt wurden, so daß wir heute noch über sehr vieles davon verfügen.

Es sind von 1830 bis 1876 allein im Winckelmannschen Verlage an die 200 Bändchen mit Hosemann-Illustrationen erschienen, und daneben noch eine Anzahl an anderen Stellen, in manchen Jahren 8—12 verschiedene Werkchen! Dabei sind nun alle Kategorien vertreten: Märchen, Sage, moralische und geschichtliche Erzählung, Sammlungen von Gedichten und belehrende Stoffe. In der Hauptsache wird aber die unterhaltende Geschichte bevorzugt, sogar die Novelle. Diese letztere wird vor allem für die reifere weibliche Jugend gepflegt, und wer von den vielen Federfuchsern aus dem schöneren Geschlecht nur einigermaßen orthographisch richtig schreiben konnte, scheint den Drang in sich gefühlt zu haben, sich an der Jugend ein Nadelgeld zu verdienen. Wirklich berufen waren nur wenige; immerhin aber ist festzustellen, daß das Textmaterial im allgemeinen besser geworden ist als es bis dahin war. Namentlich für die Jüngeren wurde viel getan und die kleine Gesellschaft nicht mehr ausschließlich mit Sittenregeln gefüttert. Die Abenteuergeschichten, früher oft abgedroschen und matt, boten jetzt den lesehungrigen Buben durch Benutzung fremder Literaturen wechselndere Nahrung. Theodor Dielitz, der Berliner Schulmann, wurde ihr Hauptvertreter. Die von ihm zusammengestellten Bücher lesen sich gut, und sie erlebten zahlreiche Auflagen. Im übrigen traten die männlichen Schriftsteller hinter die weiblichen zurück. Die letzteren werden vermutlich mehr um der Ehre als um des Broterwerbs willen, also billiger, nach Maß gearbeitet haben.

Mit dem Bilde des Winckelmannschen Verlages ist die ganze Zeit zwischen 1830 und 1860 gezeichnet. Die erfolgreiche Berliner Anstalt wurde überall nachgeahmt, die Wahl der Stoffe unterschied sich auch anderwärts nicht von ihren Erzeugnissen, wohl aber die Form.

Die Mainlinie trennt auch hier wieder den Süden Deutschlands vom Norden. Was wir aus Bayern und Schwaben erhalten, ist leichter, graziöser. Die Bücher aus süddeutschem Verlag bilden eine Sippe für sich, es ist reizvoll, zu beobachten, wie sich die Verleger, dem eigenen Geschmack folgend, einen Stil schaffen, dem sie lange Jahre hindurch treu bleiben. Man sieht es dem Umschlag schon an, ob ein südliches oder nördliches Kinderbuch vorliegt — die Werke für Erwachsene zeigen dies lange nicht so deutlich wie die Jugendschriften. Diese Artgenossen nebeneinander zu schauen, auch wenn sie nicht mehr als einen mäßigen Text und leidlich hübsches Bilderwerk enthalten, das ist ein eigener Genuß. Klänge vergangener Zeiten werden wach, Großvaters Tage erstehen — friedliche, liebe Stilleben, von denen wir heute nur träumen dürfen. Aber gut läßt es sich träumen über diesen einfachen Zeugen eines behaglichen Daseins, die ich, im Gegensatz zu den bibliophilen Raritäten, die „zünftigen" Kinderbücher nenne. Sie brauchen nicht aus der Hand großer Künstler hervorgegangen zu sein, ihre Harmlosigkeit gerade ist es, die entzückt und Freude spendet. Worin ihr Zauber liegt? Es wäre dem schwer zu erklären, der eine genaue Antwort begehrt. Es ist Gefühlssache.

Der Höhepunkt

Höchst erfreulich erscheint es, daß gerade unsere größten Künstler für die Jugend gemalt und gezeichnet haben. Auf Chodowiecki folgte J. H. Ramberg, der nicht nur Houwalds Buch für Kinder illustrierte, das wir schon kennenlernten. Es sind eine ganze Reihe Bändchen mit seinen feinen Kupfern geschmückt worden. Langbeins Vacuna — Erzählungen und Schwänke — und Raßmanns Fastnachtbüchlein seien hervorgehoben, beide von 1826. Das letztere ist sehr gesucht wegen der Nachdrucke Schillerscher und Goethescher Beiträge, mehr noch übt es infolge eines Originalgedichtes von Heinrich Heine hohen Reiz auf erwachsene Leute aus. Es ist für jung und alt bestimmt, aber doch eigentlich nur für die sehr gereifte Jugend. Um dieselbe Zeit schenkte der neunzehnjährige Otto Speckter den Kindern sein Erstes: Titelbild und Titelblatt zu Wächters Jugendunterhaltungen, eine Fabelsammlung. Das erste Werk, mit dem der Künstler in die Öffentlichkeit trat, ist heute gänzlich verschollen. Uns allen wohlbekannt sind aber noch seine Bilder zu Heys Fabeln (1833 und 1837), wenn auch nicht in ihrer frühesten lithographierten Form. Die Steindrucke sind nicht so gut wie die späteren Holzschnitte, es ging bei ihrer Übertragung viel von ihrer ursprünglichen Schönheit verloren. Etwas Ähnliches erschien 1836 in Menzels reizenden Bildern zu Emilie Feiges kleinem Gesellschafter, auch einer Art Fabelbuch, das, wie viele mehr, die schnellen Erfolge Heys nachahmte. Trotz seines entzückenden Bilderschmucks hatte es ein viel kürzeres Leben, und das lag am Text, der sein Vorbild doch nicht erreichte.

Es folgten nun fürs Kinderbuch überreich gesegnete Jahre. Otto Speckter, Theodor Hosemann, Ludwig Richter — gleich drei unserer Besten, die zur selben Zeit nicht gelegentlich nur, sondern dauernd ihre Illustrationen zur Jugendliteratur schufen! Neben ihnen, künstlerisch ebenbürtig oder doch nahe verwandt, aber an Zahl ihrer Arbeiten die andern nicht erreichend, Julius Schnorr v. Carolsfeld, Schrödter, Bürkner und Reinick, und dann wieder Pocci mit seiner Fülle von Jugendgaben in Bild und Schrift, später die Düsseldorfer: Vautier, Süs, Camphausen, Sonderland — das

sind nur einige Namen von vielen, die ich alle gern nennen möchte. Eine Schar tüchtiger Illustratoren arbeitete mit großem Glück für die Jugend, unterstützt von trefflichen Holzschneidern — und das beste: sie lieferten ihre schönen Bilder auch zu ebenbürtigem Text.

So entstand der wundervolle Jugendkalender Robert Reinicks (1847—54), so desselben genialen Meisters Abcbuch, so konnte sich Scherers deutsches Kinderbuch entwickeln und fortbilden neben zahlreichen kleineren Schöpfungen ähnlicher Art. Es seien nur einige Titel genannt, um alle, die diese Herrlichkeiten noch nicht kennen, zu veranlassen, sie sich in unsern öffentlichen Sammlungen anzusehen. Da ist der Robinson Campes, die Märchen der „schwarzen Tante", die Märchen Bechsteins, Keils, das Weihnachtsblatt „Knecht Ruprecht", der köstliche Reineke Fuchs — allein an die fünfzig von Ludw. Richter illustrierte Kinderbücher aus den Jahren 1840—60, die sich auch durch vorzüglichen Inhalt auszeichnen. An der Ausstattung mancher Jugend-

Schattenbild von Karl Fröhlich. 1856.

schriften wirkten Richter und Hosemann vereint, so z. B. an Kletkes neuem Kinderfreund und einer 1850 in Berlin erschienenen Ausgabe von Andersens Märchen, zu der auch Pocci ein paar Bilderchen beisteuerte.

Von den Münchnern braucht nur dieser genannt zu werden, und eine Welt von Frohsinn ersteht vor unserm geistigen Auge. Seine Abcbücher, seine Illustrationen zu Märchen und Erzählungen, vor allem seine unwiderstehlichen Kasperlfiguren sind deshalb so bezwingend, weil sie sich in vollkommener Harmonie dem Text einfügen. Da haben wir Bild und Wort in schönster Einheit aus derselben Hand, und mehr können wir nicht verlangen. Noch einer besonders reizvollen Art von Kinderbüchern möchte ich hier gedenken: solcher, die mit eigenhändigen Radierungen unserer Illustratoren geschmückt wurden. Kletkes Fabelsammlung von 1841, der gestiefelte Kater, beide mit den Bildern Speckters, Hackländers erste Märchen, illustriert von Zwecker, einem viel zu wenig bekannten Zeichner, die Ausgabe von Hauffs Märchen aus derselben Zeit, mit radierten Tafeln Sonderlands, sind solche Beispiele feinsten Geschmacks, persönlichster Anteilnahme des Künstlers am Buche. Auch die 1846 in Hamburg erschienenen Ausgaben von Andersens neuen Märchen mit Steinradierungen Speckters gehören noch hierher, — leider gab es von diesem Allerschönsten nicht vieles.

Ihm nahe kommt wieder Hosemann, da er seine Bilder selbst auf den Stein zeichnete, und ebenso die Maler der Düsseldorfer Schule. Wir haben ihnen viel Schönes zu verdanken. In erster Linie seien die Jugendalbums genannt und zwei Märchenbücher in Quart, jedes Bild darin ein Gemälde im kleinen. Fünfundzwanzig große Tafeln in jedem Bande der „Märchen und Sagen" (1856) und nicht ganz 300 Druckseiten — es war eine Zeit, die außerordentlich viel für die Jugend leistete, ohne sich damit sehr zu rühmen, wie es später geschah.

Ludwig Richter hatte das Glück, Wertvolles illustrieren zu können, seinem Verleger zu danken. Georg Wigand war der Mann dazu, Gutes vom Mittelmäßigen zu scheiden, ebenso gewissenhaft dachten damals viele andere. Es wurde ihnen aber auch Gutes in reicher Auswahl geboten. Neben Reinick, den Malerpoeten, trat Ludwig Bechstein mit seinem anmutigen Lehrgedicht: „Neue Naturgeschichte der Stubenvögel" (das, wenn es kein Kinderbuch ist, doch recht gut eines werden könnte) und seinem prächtigen Werk „Zweihundert deutsche Männer", dem stattlichsten Bande, der wohl je für die Jugend geschaffen wurde. Auch sein deutsches Sagenbuch mit den schönen blattgroßen Holzschnitten Ehrhardts ist nicht minder bedeutend als seine Märchensammlungen. Interessant ist, daß man von ihm eine kolorierte Ausgabe veranstaltet hat, und auch manches Holzschnittwerk Ludwig Richters dem Begehren der jungen Welt nach farbigem Glanze folgen

mußte. Jedes Alter wurde versorgt: Güll, Hoffmann, Klaus Groth schenkten uns die schönsten Reime für die Kleinen, Andersen dichtete seine Märchen und wurde früh ins Deutsche übersetzt, Görres wendete sich in seinem Hausbuche an die Jugend. Überall treffen wir auf Namen von bestem Klang, und wenn sie auch alle nicht hier zu Worte kommen können, die Jugendklassiker jener bedeutsamen Zeit, so müssen wir doch Pocci sprechen lassen. Folgen wir ihm einmal in den Orient, wo

„Der bärt'ge Türk', der meint, er wär'sch"

eben seine schlechte Laune zu bändigen — nein, nur sie loszuwerden sucht.

„Ist das auch ein Leben für einen türkischen Sultan? Nichts als Ärger und Verdruß! Man hole mir meine Mohrensklavin Mimi-

kazi, daß sie mir ein Lied vorsinge mit Guitarrebegleitung."
Mimikazi. Was befiehlt mein hoher Gebieter?
Sultan. Gehorche und schweige, niedrige Sklavin! Nun singe das Lied von der Lotosblume.
Mimikazi (zur Guitarre singend). Didldum, didldum, didldum!

Einsam blüht die Lottosblume
Und drei Nummern träumt sie still;
Ach du dunkle Lottosblume
Sag mir, was ich setzen will!
Didldum, didldum, didldum!
Und die Lottosblume hauchet
Aus mit süßem Wonneduft,
Ja drei Nummern aus sie hauchet
In der schwülen Abendluft!

Sultan (heftig). Wie heißen die drei Nummern? ich will sie in die Lotterie setzen.
Mimikazi (fortfahrend). Didldum, didldum, didldum!

Frage, spricht die Lottosblume,
Nach der nächsten Ziehung frag'
Welche Nummern dann gekommen
Ich dir augenblicklich sag'.

Sultan (wüthend). Die Nummern will ich wissen, oder ich laß dich und die Lotterieblume köpfen!
Mimikazi. Didldum, didldum, didldum.
Verzeih, großer Sultan, allein das Lied ist zu Ende.
Sultan. Was zu Ende! Fort mit dir, falsche Katze! In dem tiefsten Kerker sollst du schmachten, bis dir die Nummern einfallen. Fort mit ihr! (Mimikazi wird abgeführt.)

Das ist allerbester und echtester Pocci, jener übermütige Schalk, wie ihn die Kinder gern haben. Ich wählte ein weniger bekanntes Stückchen Humor aus, und sage absichtlich nicht, woher? Sucht nur danach! Klaget nicht über Mangel an guten Jugendbüchern, leset auch einmal Robert Reinicks

Der Schifferknabe.

Lied vom Fuhrmann.

Was thut der Fuhrmann?
Der Fuhrmann spannt den Wagen an,
Die Pferde zieh'n, der Fuhrmann knallt,
Daß laut es durch die Straßen schallt.
He, holla, he!

Was thut der Fährmann?
Der Fährmann legt ans Ufer an,
Und ruft: „Ich lieg nicht lange still,
„Drum komme, wer hinüber will!"
He, holla, he!

Da kam der Fuhrmann
Mit seinem großen Wagen an,
Der war mit Kasten vollgespickt,
Daß sich der Fährmann drob erschrickt.
He, holla, he!

„Ei," sprach der Fährmann,
„Dich fahr' ich nicht, Gevattersmann,
„Zahlst du mir nicht aus jeder Kist',
„Ein Stück von dem, was drinnen ist."
He, holla, he!

„Gut", sprach der Fuhrmann.
Und als sie drüben kamen an,
Die Kasten öffneten geschwind, —
Was war darin? — Nur leerer Wind.
He, holla, he!

Schalt nicht der Fährmann?
Bewahr'! Er lacht' und sagte dann:
„Aus jeder Kist' ein Stückchen Wind,
„Ei nun, da fährt mein Schiff geschwind!"
He, holla, he!

Auch dies frische Liedlein ist, soviel ich weiß, seit einem halben Jahrhundert nicht wieder gedruckt worden. Da ist nichts geblieben vom Zopf des Philanthropisten, nichts erzwungen um eines erzieherischen Zwecks willen. Es gab damals überall solch erfrischende, zu Herzen gehende Kunst.

Überall treffen wir große Namen, die sich am Kinderbuche beteiligten, und weniger große, die berufsmäßig nur für die Jugend schrieben. Schüchtern beginnt sich bei Thekla v. Gumpert die Gänsepose zu regen, denn noch stehen Chr. v. Schmid und Franz Hoffmann auf der Höhe ihres Schaffens, daneben die erfreulicheren Erscheinungen Gustav Nieritz', Ferd. Schmidts und Karl Stöbers, von dem noch nicht die Rede war. Seine Erzählungen sind mehr ans Volk gerichtet, im guten Sinne fromm und trotz vieler biblischer Vergleiche sehr lesbar. Ottilie Wildermuth folgt dem Zug des weiblichen Herzens, am Unterhaltungswerk für Kinder mitzuarbeiten — sie ist eine der wenigen Berufenen, eine Dichterin von Gottes Gnaden. Ihre durchweg vorzüglich erzählten Schwabengeschichten und die ihnen nahekommenden Erzählungen der Isabella Braun und Th. Messerer verkörpern das süddeutsche Wesen und sind lustig — das ist eine große Hauptsache. Habe ich diese drei genannt, darf ich auch eines ganz Verschollenen nicht vergessen: August Corrodi's. Von Geburt Schweizer, hat er vieles im Süden unseres Vaterlandes drucken lassen. Er ist der munterste von allen, eine Art Pocci, er hat

auch selbst die Bildchen zu seinen hübschen Geschichten gemacht.
Man darf nun nicht glauben, daß zu jener Zeit alles schön und gut gewesen wäre. Neben dem Gediegenen gab es Wertloses so reichlich wie nur je. Noch immer ist ein Anschwellen, keine Beherrschung im Produzieren von Lesestoff zu bemerken. Als Hauptstätten der Jugendschriftenerzeugung erschienen Stuttgart und München, Leipzig und Berlin. Man muß sich wundern, daß sich von diesem ungeheuren Material so wenig erhalten hat. Was einmal in Kinderhänden war, ist ja wohl in den meisten Fällen unwiederbringlich vernichtet, aber es wurde doch nicht alles verkauft — wo stecken denn die Dinge? Die Antwort gibt der Papiermüller! Vielleicht war das Blatt, auf dem dies gedruckt ist, einmal der Bestandteil des sagenhaften Werkes: „Was bringt die Botenfrau?"

Bücher von Dauer und Erfolg.

O Robinson, du Buch der Bücher, du heilige Schrift, in Kinderherzen geschrieben — du echte Kinderbibel für alle Zeiten, in denen es Kinder geben wird, auch ich habe dich gelesen — aber ist das ein Wort für den heiligen Prozeß, in welchem eine Kinderphantasie und ein Kinderherz zwischen Himmel und Erde auf und nieder webt wie Sternenlicht bei der Nacht? Nennt man das auch ein Lesen, wenn die Augen alle Zeilen verschlingen, wenn Herz und Seele, wenn alle Sinne trunken sind vom Wunder einer fremden Welt und Natur, wenn der Einbildungskraft das wirkliche Hören und Sehen vergeht von den inwendig angeschauten Abenteuern eines unerhörten Geschicks? Ach, wer doch heute noch seinen Robinson hätte! so ruft der empfängliche Bogumil Goltz in seinem „Buch der Kindheit".

Ja, er hat es begriffen, was im Robinson und im Kinderbuch steckt, und er hat es auch mit der rechten Begeisterung zu sagen gewußt.

Ob es noch ein Buch gibt, das so viel gelesen, so oft nachgeahmt wurde wie Defoes Roman und Campes Bearbeitung? Uferlos ist die Flut der Robinsonaden, und die Reihe deutscher Ausgaben des echten Robinson für Kinder aus der Zeit von 1780 bis auf unsere Tage ist achtunggebietend genug.

Nicht viele Jugendschriften sind es, die sich einer ähnlich dauernden Beliebtheit zu erfreuen hatten. Die kleinen Leser haben gern Abwechslung, und die Bücher, die sich durch mehrere Generationen lebendig erhielten, sind an den Fingern zu zählen.

Daß hiervon Grimms Märchen und andere an keine Zeit gebundene Werke auszunehmen sind, ist selbstverständlich. Volkslied, Kinderlied, Volksbuch sind Ewigkeitswerte. Kann eine schlichte Erzählung sich mehrere Menschenalter hindurch in der Jugend Gunst erhalten, so darf man sich darüber freuen, irgend etwas Gutes muß an einem solchen Buche sein. Daß sich Campe, Hey, Chr. v. Schmid und andere ihrer Art bis heute behaupteten, ist ganz in der Ordnung. Vergessen wir aber nicht, daß die kleine Welt ihrem Geschmack nicht so frei folgen kann wie die Erwachsenen und daß sie von diesen, den Lehrern und den — Verlegern, bevormundet wird. So ist es zu erklären, daß manches Werkchen eine längere Lebensdauer bekommt als sie seinem inneren Werte entspricht.

Ein Beispiel hierfür ist die berühmte Puppe Wunderhold, seit 1839 von allen kleinen Mädchen geschätzt, obwohl nicht besonders reich an Handlung. Das Buch ist immer wieder aufgelegt worden, zuerst mit Hosemannschen, dann mit Thalheimschen Bildern, es hat — vor mehr als einem halben Jahrhundert — einen der köstlichsten Prägegold-Einbände bekommen und ist heute noch zu haben. Ungemein zahlreiche Nachahmungen, zum Teil besser, meist schlechter als das Urbild, beweisen, wie leicht es ist, aus einem zugkräftigen Thema für die Jugend Kapital zu schlagen.

Verdientere Beliebtheit genießen A. Steins Zweiundfünfzig Sonntage mit ihren Fortsetzungen, erschienen 1846—60, und ebenfalls in ihren frühesten Auflagen von Hosemann illustriert. Diesen Tagebüchern dreier Kinder, an sich in der Anlage so unwirklich und doch so lebendig und fesselnd geschrieben, wünsche ich ein noch recht langes Dasein und keine weitere Bearbeitung.

Daß Pocci, Reinick und andere Jugendklassiker aus spä-

Th. Hosemann, Schicksale der Puppe Wunderhold. 1839.

terer Zeit in der Hauptsache eisernen Bestand haben werden, darum bin ich nicht bange. Leider benutzt man diese Bücher nur, um sie zu zerpflücken, von unveränderter Dauer kann bei ihnen also im eigentlichen Sinne nicht die Rede sein. Unvergänglich aber und unüberwindlich, von geradezu robinsonischer Klassizität, sind noch zwei: der Struwwelpeter und Max und Moritz. Sie sind zur Weltliteratur zu rechnen, und wir dürfen hier nicht an ihnen vorbeigehen, obwohl wir ja vom Bilderbuche nicht mehr erzählen, dessen Erwecker der Struwwelpeter war.

In seinen ersten Auflagen bildet Heinrich Hoffmanns, des Arztes, unsterbliches Buch mit den noch von keiner künstlerischen Hand bearbeiteten Bildern für jeden, der es zu sehen bekommt, eine Überraschung. Die Illustrationen des Verfassers waren ursprünglich viel primitiver als sie es heute sind. Er war kein Zeichner, aber ein genialer Kopf, dessen Entwürfe zum eigenen Text wir um so höhere Beachtung schenken müssen. Kein Wunder, daß beides, Vers und Bild, sich überall Eingang verschaffte und trotz aller Anfeindungen triumphierte.

Ich bleibe der Bursch, der ich war!

Er hat es in sich, dieser uralte Freund der Kinderwelt, vom Friedrich, der die Stühl' und Vögel totschlägt, bis zum fliegenden Robert:

Wo der Wind ihn hingetragen,
Ja! das weiß kein Mensch zu sagen.

Kein Buch der deutschen Literatur ist so oft wie der Struwwelpeter nachgeahmt und variiert worden, für kleine und für große Leser. Schon gleich nach seiner Geburt von Dingelstedt in den Fliegenden Blättern zu einer politischen Satire benutzt, von der Verlagshandlung selbst

Die Geschichte vom Daumenlutscher.

„Konrad!“ sprach die Frau Mama,
„Ich geh' aus und du bleibst da.
Sei hübsch ordentlich und fromm,
Bis nach Haus ich wieder komm'.“

Aus der 1845 erschienenen, sehr seltenen ersten Ausgabe des „Struwwelpeter“, die die ursprünglichen Zeichnungen Hoffmanns ohne Überarbeitung wiedergab.

in drei ganz verschiedenen Formen der Zeichnung herausgegeben, seit mehr als dreiviertel Jahrhundert ununterbrochen in Riesenauflagen abgesetzt, in alle Kultursprachen übertragen, dürfte ihm wohl überhaupt nichts Ähnliches an die Seite zu setzen sein.

Mit dem Struwwelpeter eröffnet sich eine ganz neue Perspektive. Das Zeitalter des Bilderbuchs steigt herauf, und erst dies krönt und vollendet den Bau der Jugendliteratur zu einem imposanten Gebilde.

Die Blüte dauert bis über die Mitte des 19. Jahrhunderts hinaus, nicht mehr ganz so reich, aber noch herrlich genug. Verlage wie Spamer, Velhagen und Klasing, Alphons Dürr beginnen ihre Tätigkeit, die Namen Oskar Pletsch und Julius Lohmeyer glänzen auf. Man kennt von Pletsch nur seine Bilder und kennt davon nicht allgemein sein Bestes. Als Dichter und als künstlerischer Leiter der „Deutschen Jugend" wird er kaum genannt. Die Deutsche Jugend Julius Lohmeyers aber war das Bedeutendste, was in allen Zeiten für Kinder geleistet wurde.

Leider ist heute schon vieles von den kostbaren Gaben so mancher Dichter, die in jener prächtigen Veröffentlichung ihr Schönstes für die Kinderwelt darbrachten, vergessen. Von Victor Blüthgen kennt man nur noch einige seiner Lieder, wenig von seinen wundervollen Erzählungen, von Heinrich Seidel kaum noch seine poetischen Märchen. Der heitere Emil Frommel scheint ganz verschollen, Julius Sturm wird heute nicht mehr gelesen. Lebendiger ist Johannes Trojan geblieben, und daß auch Bodenstedt, Dahn, Geibel, Gerok, Klaus Groth, Mörike und Storm für die „Deutsche Jugend" geschrieben haben, daran soll noch erinnert werden. Nur dies Siebengestirn brauche ich zu nennen, um die Bedeutung der in 35 stattlichen Bänden erschienenen Zeitschrift gebührend hervorzuheben, ohne die unser Buch nicht enden kann. Viele, viele Namen guten Klanges und allerbester Art, darunter meine liebsten Freunde aus der neueren Zeit muß ich mir zu nennen versagen. Eine ganze Anzahl von ihnen hat Aussicht, Puppe Wunderhold und ähnliche epochale Dinge erheblich an Erfolg und Dauer zu übertreffen.

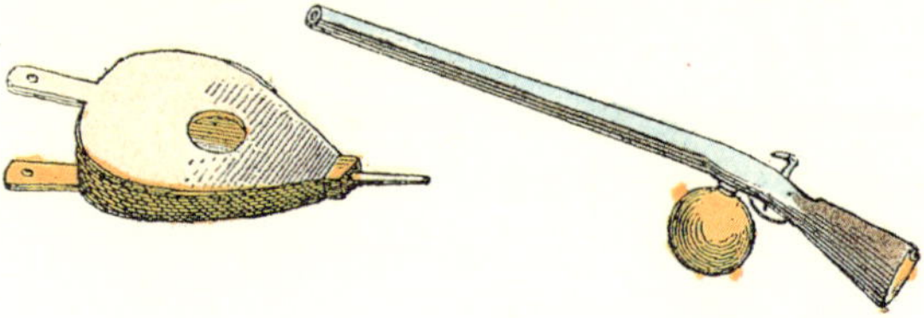

Nachlese.

Es war ein kluger Gedanke von den Vätern der Jugend-
literaturbewegung, ihr Werk mit einer Zeitschrift zu
beginnen. Ich entsinne mich noch sehr deutlich des großen
Vergnügens, mit dem wir als Quartaner oder selbst als
reifere Jugend den famosen „Guten Kamerad" allsonn-
abendlich abholten. Mit gleicher Spannung werden auch

100 Jahre früher die kleinen, um so viel bescheideneren Heftchen des „Kinderfreundes“ von ihren Subskribenten nach Hause getragen worden sein. Darum hat es, so lange ein Jugendschrifttum besteht, auch in regelmäßiger Folge erscheinende Blätter gegeben. So verschieden an äußerer Form, Inhalt und Geschmacksrichtung sie auch waren, eines ist ihnen beinahe ausnahmslos gemeinsam: die bodenlose Langweiligkeit.

Alles, was an dergleichen Dingen bis zu den 1830er Jahren erschien, könnten wir getrost dem Papiermüller überlassen, wenn uns nicht die altväterische äußere Form daran reizte. Die gemütlichen Kupfer, der Druck, allerlei Notenbeilagen und gelegentlich ein wenig ungewollte Komik freuen uns doch. Gleichmäßig gebundene, vollständige Reihen dieser vielbändigen Schriften können vor jedem Sammlerauge bestehen, so gut wie andere Gesamtausgaben — sie sind aber schwieriger als die in den Schränken der Erwachsenen wohlbehüteten und wenig gelesenen Klassiker zu kriegen.

In den Romantikerjahren wird es mit dem Inhalte der Zeitschriften etwas besser. Das Äußere spricht uns aber nicht an. Sie entwickeln sich zu großen Quartformaten, bis sie in dem verzweifelt unhandlichen Folio der hochberühmten „Illustrierten Jugendzeitung“ das Entsetzen aller Liebhaber auf den Gipfel getrieben haben.

Den Anfang zu leidlich Brauchbarem bildet das „Berliner Kinderwochenblatt“. Es erschien von 1832 bis 36, zuletzt in kleinerem Oktav, und setzte sich fort als

Berliner Jugendfreund. Eine bibliophile Berühmtheit hat das Berliner Kinderwochenblatt durch die anfängliche Mitarbeit Menzels und Hosemanns erhalten, die Texte erheben sich noch nicht übers Alltägliche. Noch gesuchter sind die beiden illustrierten Jugendzeitungen, welche bei Wigand und bei Brockhaus in den 1840er Jahren herauskamen. Zu beiden hat Ludwig Richter wundervolle Illustrationen geliefert.

Wieder 10 Jahre weiter begegnen wir zwei besonders gut zusammengestellten Monatsschriften: dem „Puck" Rudolf Löwensteins und dem darauffolgenden „Gnom" von Hübner-Trams. Berlin und Breslau sind die Vaterstädte dieser beiden über dem Durchschnitt stehenden Blätter. Löwenstein, der Mitbegründer des Kladderadatsch, gab dem Puck einige seiner schönsten Kinderdichtungen, die zum Teil von Hosemann illustriert wurden. Für den Gnom lieferte A. Haun gute, vorzüglich in buntem Steindruck wiedergegebene Bilder. Es wird jetzt schon mehr Wert auf wirkliche Unterhaltung der jungen Leser gelegt. Erzählung, Märchen, Sage, auch kleine Scherze treten in den Vordergrund. Ebenso gibt sich die „Kinderlaube" Stiehlers, von 1863 an in Dresden allmonatlich erscheinend, Mühe, ihre damaligen Kollegen zu erreichen. Etwas Überragendes haben wir auch hier nicht, die Bilder, welche Hosemann dazu lieferte, sind nicht seine besten.

Wenn man die Reihe der vielen, vielen Titel übersieht, des „Jugendbazar", der „Lachtaube", der „Jugendlust"

und wie sie alle heißen, dann erkennt man so recht ihren Abstand von Julius Lohmeyers gediegener Schöpfung. Die „Deutsche Jugend" wurde schon vorher gewürdigt, es kann nicht schaden, wenn ihrer noch einmal gedacht wird. Das Werk gehört zu jenen Zeitschriften, die wohl mehr in vollständig vorliegenden Bänden gekauft als in Lieferungen gehalten wurden. Das gleiche gilt von den Jugendblättern Isabella Brauns, die schon von 1855 an in Stuttgart erschienen und etwa 20 Jahre später in den Verlag von Braun und Schneider übergingen. Sie erreichen im künstlerischen Bildschmuck lange nicht die Höhe der „Deutschen Jugend", in ihren Texten, von manchem allzu frommen Beiwerk abgesehen, findet sich viel Gutes. Pocci, Güll und andere bedeutende Mitarbeiter stellen die auch äußerlich gefälligen Großoktavbände über den Durchschnitt.

Unter den zahlreichen Monatsschriften mit dem Titel „Jugendfreund" hat der „Neue deutsche Jugendfreund" Franz Hoffmanns die Führung. Er begann 1846 sein Erscheinen und hielt sich über 4 Jahrzehnte hindurch gut, bis er langsam an Gehalt einbüßte. Außergewöhnliches bringt er nicht, aber hübsche Stahlstiche und stellenweise recht annehmbare Erzählungen, neben reichlich viel belehrender Unterhaltung. Ihm gleichen eine ganze Anzahl Jugendalbums, dickleibige, dickfellige Gesellen, denen wenig Frische anhaftet.

Töchteralbum und Herzblättchens Zeitvertreib sind in ihren ersten Jahrgängen noch leidlich, insbesondere die letzteren durch ihre Bilder und den kindlich-munteren Ton. Den Jahren 1854 und 1856 verdanken sie ihr Dasein, über welches des Sängers Höflichkeit schweigt. Beide sind zu einem großen Teil verantwortlich für die Backfischliteratur — der Wille zum Guten mag sie entschuldigen. Pauline Schanz, Marie Stephan und Karl Fröhlich waren Mitarbeiter der Herzblättchen — würde das Jahrbuch mehr in ihrem Geiste gehalten sein, so könnte ihm bleibender Wert zukommen.

Alles in allem — viel Gutes läßt sich von den Jugendzeitschriften nicht sagen. Etwas besser war es um die weniger Lesestoff erfordernden Kalender bestellt, unter denen wir einer der prächtigsten Erscheinungen überhaupt begegnen: dem Jugendkalender Robert Reinicks. Frischere Lieder, anmutigere Märchen sind nie wieder geschrieben worden, und diesen hervorragenden Text begleiten Holzschnitte von einem Reichtum an Erfindung, von einer Sauberkeit des Strichs, wie sie nur die besten illustrierten Bücher jener mit Kunst verwöhnten Jahre aufweisen. Fünfhundertfünfundneunzig Bilder zähle ich in den zehn gar nicht umfangreichen Heften, die wir heute bewundern und deren Art zu ihrer Zeit keineswegs unter der Fülle des Gebotenen auffallen mochte.

Wie hat das Blatt sich gewendet! Wo ist der Holzschnitt geblieben, wo der Kupferstich, die Radierung — in Kinderbüchern!

Was über die Jugendzeitschriften gesagt wurde, gilt auch für die dramatische Kinderliteratur. Plattheiten ohne

Zahl, daraus sich nur ganz wenige Einzelerscheinungen überragend hervorheben. Aus Weißes Kinderfreund sind uns die Theaterstücke als der Gipfel aller Fadheit bekannt, und so ist es im allgemeinen geblieben — bis heute. Unter denen, die kleine Schauspiele und Lustspiele zur Personenaufführung schrieben, fallen Houwald und Kletke angenehm auf, auch Isabella Braun, und doch pulsiert der Herzschlag in ihrer dramatischen Ader nie so lebensfrisch wie in ihren einfacheren Erzählungen. Wo aber unsere Besten nicht auf ihrer Höhe bleiben, wollen wir der Mittelmäßigen lieber gar nicht gedenken.

Erfreulicher sind dann die Puppenspieler, allen voran Pocci, mit seinen unerreichten Kasperlkomödien. Daß wir von ihnen heute nur Auswahlen, keine einzige Gesamtausgabe mehr besitzen, ist sehr zu beklagen.

Ein Bändchen mit dem schlichten Titel: „Käsperle" sei hier genannt — könnte ich doch erzählen, wie ich es an einer Stelle auffand, vor der ich dutzendemal zuvor das „Sesam öffne dich!" gesprochen hatte, bis die Zauberformel endlich die vermuteten Schätze zutage treten ließ — reichere sind auch Ali Baba nicht zugefallen! „Käsperle" war dabei, „Puppentheater für lustige Kinder", ein Bändchen des liebenswürdigen Heinrich Jaede. Das Werkchen enthält zehn putzige Lithographien, fein im Strich, sauber in Farben und Gold koloriert, jede auf himmelblauen Karton gelegt, zu sprühend munterem Text (1852). „Ja, alte Großmutter," sagt da der Jäger, als er die gute Dame aus dem Bauche des bösen Wolfes herauszieht, „alte Großmutter! Sie ist ja im Hemde! Schämt Sie sich denn nicht?", und die Schönheit der Prinzessin Pumfia reißt ihren Freier zu den begeisterten Versen hin:

Mein muß sie werden! mein! nichts, nichts soll mich verhindern —
Und sollt' ich mit dem Tod und Teufel selbst anbindern!

Es ist ein Büchlein, so recht geschaffen, Frohsinn zu verbreiten, innerlich wie äußerlich ein kleines Juwel.

Ob nun alles genannt wurde, was an verschiedenen Arten der Kinderliteratur je unter allzu lebendigen Händen zerflatterte? Vielleicht dürfen die beschäftigenden Werke, die Spiel-, Handwerks- und Kochbücher nicht fehlen, unter letzteren eines, das die hochberühmte Henriette Davidis zur Verfasserin hat. Puppenköchin Anna, so heißt es, erschien um 1850 in niedlichem Format und mit anmutendem Text, wobei auch eine Abteilung „Blumenküche" sich findet, in der allerlei Gerichte ohne Eßwaren hergestellt werden. Gänseblümchen sind die Spiegeleier, Taubnesselblüten in ausgehöhlter Rübe bedeutet die lockere Schlagsahne, Ziegelmehl den gestoßenen Zimt. „Setzt euch mit den Püppchen daran und tut gerade so, als wenn ihr esset..."
Ein in gleichem Geiste gehaltenes Beschäftigungsbuch für die Puppenstube, „Puppenmutter Anna" genannt, stammt aus derselben Feder — wie unbedeutend

diese Kleinigkeiten auch sein mögen, ist es nicht wissenswert, daß die Kochkünstlerin, der wir nur höchst Praktisches zutrauen, auch feine, zierliche Geschichten, ja sogar ein paar ganz leidliche Liederchen gedichtet hat? Sie wurde nie so bewundert auf diesem Gebiet wie Thekla, nicht so gefeiert wie Clementine — was macht's? Sie bekam doch einen Ehrenplatz, wo sie mir gleich zur Hand ist, die Werke der Kolleginnen aber sind nur durch hohe Leitern zugänglich.

Übrigens: beide Davidis-Bändchen sind für den Bibliophilen mit prächtigen Lithographien von J. B. Sonderland, dem großen Düsseldorfer, ausgestattet. — Oh, es gibt überall Reizvolles in einem deutschen Kinderbücherschranke!

Schlußwort

Aus vier Jahrhunderten brachten wir Beispiele charakteristischer Kinderschriften. Wir wollen uns hiermit begnügen, obgleich es nur angedeutet werden konnte, wieviel des Beachtenswerten auch die „kleine Literatur" darbietet.

Daß es der Mühe wert ist, diese Anmut in Bild und Wort neu zu beleben, sie der Vergessenheit zu entreißen, hat unser Buch hoffentlich bewiesen. Mögen die Bilder, die Beispiele sprechen, wo der verbindende Text nicht ausreichen will. Ich bin kein Mann der Feder, kein zünftiger Schriftsteller, und hab's nur gemacht, so gut ich's verstand, ohne es so geben zu können, wie es das Thema verdient hätte. Aber mit warmem Herzen war ich dabei, mit ganzer Hingabe, nicht anders, wie ich den Büchern selbst gegenüberstehe. Darum denke ich auch, daß ich manchem etwas gebracht habe, dem einen Anregung, dem andern ein Erinnern, dem dritten nur ein Stündchen, in dem er den Alltag vergaß über dem Schönen, das ich zeigen konnte.

Noch immer treffen wir in der Jugendliteratur erfreuliche, wertvolle Erscheinungen, die Auswahl der Texte ist gegen früher sogar im allgemeinen besser geworden. Ein gutes Kinderbuch muß auch dem Erwachsenen d a u e r n d etwas zu sagen haben, sein Inhalt darf uns nicht nur vorübergehend ansprechen. Bilder- und Geschichtenbücher auf solche Art zu würdigen, sie lieb zu gewinnen, das verstehen nicht viele — deshalb danke ich allen, die mir bis hierher gefolgt sind, allen, die sich den offenen Sinn für harmlos-fröhliche Kunst, wie sie im Kinderbuch blüht, bewahrt haben.

Bibliographie ausgewählter Kinderbücher,

zugleich eine Zusammenstellung der im Text genannten Jugendschriften.

(Bilderbuchtitel sind auch hier nicht aufgeführt. Angaben über Format u. Umfang nur in wesentlichen Fällen.)

Seite

8 Ein Besonder fast / nützlich stymmen Büchlein mit fi / guren / welche die stymmen an jn selbs / anzeygen / mit silben vnd namen / Jn welchem die Gesellen / Eehalten / vnd ander alt leut / auch die kinder / weyb vnd mann / bald als in xxiiii (= 24) stunden auff das minst leychtlich mögen lernen lesen / Mit eynem gegründeten fast schönen Benedicite vnn Gratias zum Tisch / die jungen kinder zu lernen / durch Jakob Grützbeutel zu Augspurg, M. D. XXXI. kl. 8⁰, 20 Bl. mit 23 Abbildungen. Neu herausgegeben als Zwickauer Faksimiledruck Nr. 15. 1912.

Teutsche Kinder Tafel. Anfang des christenlichen Glaubens vnd Teutscher sprach / wie sie die jungen kinder in den teutschen schulen lernen sollen. L. C. V. C. 1534. Gedruckt zu Nürnberg durch Jobst Gutknecht. Neu herausgegeb. durch Prof. H. Fechner: ABC-Bücher des 15., 16. u. 17. Jahrhunderts. Nr. 1. Berlin 1906. 8 Blatt ohne Abb.

10 Teutsch Reformiertes Namenbüchlein samt den 5 Hauptstücken. Für die Kinder, welche anfangen zu lernen. Frankfurt a. M. (18. Jahrh.) Holzdeckel m. kolor. Holzschnitten von Gabler. 8⁰, 8 ungez. Seiten.

12 Nachtgedanken über das ABC-Buch von Spiritus Asper, für alle, welche buchstabiren können. Mit Noten u. Holzschnitten. Erstes, 2tes Bändchen. Leipzig 1809. Mit je 3 Holzschnitttafeln nach Zeichn. v. Meil. (Abb. S. 16, 17.)

14 Der / Kinderfreund / ein / Lesebuch / zum Gebrauch / in Landschulen / von / Friedrich Eberhard von Rochow. Zwey Theyle. Für sechzehn Kreuzer. Frankfurt a. Mayn. 1776. 8⁰, 144 S.

Seite

17 Der Brandenburgische Kinderfreund. Ein Lesebuch für Volksschulen von F. P. Wilmsen, Prediger an der reformirten Parochialkirche in Berlin. Berlin (Decker) 1802. 6te Aufl. 1810. 15te 1825. 22ste: 1832.

18 Bilder A, B, C, mit einigen Lesübungen, Gedenksprüchen und Gebeten für Kinder. (Vignette) Stralsund, bey Christian Lorenz Struck. 1788.

Joh. Amos Comenii. Orbis Sensualium pictus hoc est: Omnium principalium in mundo rerum, & in vita actionum Pictura & Nomenclatura. Die sichtbare Welt. Das ist: Aller vornehmsten Weltdinge und menschlichen Handlungen. Abbildung und Benahmung. Nürnberg 1658.

28 (J. B. Basedow.) Des Elementarwerkes 1., 2., 3., 4. Band. Ein geordneter Vorrath aller nöthigen Erkenntniß. Zum Unterricht der Jugend, von Anfang, bis ins academische Alter. Zur Belehrung der Eltern, Schullehrer und Hofmeister. Zum Nutzen eines jeden Lesers, die Erkenntnis zu vervollkommnen. In Verbindung mit einer Sammlung von Kupferstichen. Dessau 1774. Abb. S. 28, 29.

29 Bilder-Akademie für die Jugend. In 54 Kupfertafeln und zweyen Bänden Erklärung hrsg. v. J. S. Stoy, Prof. d. Pädagogik in Nürnberg. Nürnberg 1784.

30 Lehrreiche Bildliche Darstellungen für den ersten Unterricht der Kinder in 24 koloc. Kupfertafeln (von P. C. Geißler). Leipzig, Tauchnitz, um 1830. 88 Abb. in handkol. Federzeichn. Vgl. auch S. 33, 34, 35.

30 Neuester Orbis pictus oder Schauplatz der Natur und Kunst. Ein Universal-Bilderlexikon mit erklärendem Texte und einer Nomenclatur in fünf Sprachen. Zur belehrenden und erheiternden Unterhaltung für Jung und Alt herausgegeben von Dr. phil. Huld Becher und J. C. Schneemann, Redakteur der deutschen Jugendzeitung. Meissen (Goedsche) 1843. Lex. 8°, reich verziertes Titelblatt, 41 kol. Tafeln mit 1000 z. T. sehr humoristischen Abbildungen. Das hübscheste aller mir bekannt gewordenen Bücher dieser Art.

32 Zucht der kinder zu tüsch vnd anderßwa wol zu mercken. MDXXI Getruckt zu Augspurg. 2 Bl. 4°. Neudruck hrsg. v. Dr. ph. M. Geyer. Altenburg 1882.

Neuer Orbis pictus für die Jugend oder Schauplatz der Natur, der Kunst und des Menschenlebens in 322 lith. Abbildungen mit genauer Erklärung in deutscher, lateinischer und französ. Sprache nach der früheren Anlage des Comenius bearb. u. dem jetzigen Zeitbedürfnisse gemäß eingerichtet von J. E. Gailer. Stuttgart 1833. gr. 8°, 586 S. Abb. S. 33, 34, 35.

Seite

34 Der höfliche Schüler. 3te Auflage, mit 15 Bildern verziert. Carlsruhe 1835.

36 Geographie in Versen zur Uebung des Gedächtnisses der lieben Jugend als zweckmäßigstes Mittel zum schnellen Erlernen und Behalten des wichtigsten aus der Geographie. Von Kathinka Zitz. Leipzig 1850.

36 Naturgeschichte für Kinder von Georg Christian Raff. Mit elf Kupffer-Tafeln. Göttingen, bei Joh. Christ. Dieterich, 1778. Kupfer v. F. H. L. Waagen. Abb. S. 37.

42 Die erneuerten Esopischen Fabeln nebst den hierzu geeigneten Lehren und Sittensprüchen zusammengetragen zum wahren Nutzen und unterhaltenden Vergnügen. München 1831. (Abb. S. 42.)

43 Esopus Gantz New gemacht und / in Reimen gefaßt. Mit sampt / hundert newer Fabeln / vormals im Druck nicht ge/sehen noch außgangen / durch / Burcardum Waldis Anno MDXLVIII. (Frankfurt a. M.) 8°. 8 Bl. 392 S. Bester Neudruck von H. Kurz. Leipzig 1862. (Deutsche Bibliothek.)

46 Froschmeuseler, Der Frösch und Meuse wunderbars Hoffhaltunge. Der Frölichen auch zur Weyßheit und Regimenten erzogenen Jugend zur anmutigen aber sehr nützlichen Leer aus den alten Poeten und Reymdichtern und insonderheit aus der Naturkündiger von vieler zahmer und wilder Thiere Natur und Eigenschafft bericht. In dreyen Büchern auffs newe mit vleiß beschrieben und zuvor im Druck nie außgangen. Gedruckt zu Magdeburgk durch Andreas Gehn im Jahr MDXCV 8°, 750 S. (Abb. S. 46).

48 Neue Acerra Philologica / oder / gründliche / Nachrichten / aus der / Philologie / und den Römischen u. Griechischen / Antiquitäten / darinn / die schwersten Stellen aller Auctorum classicorum / der / Studirenden Jugend zum besten / in einer angenehmen Erzehlung kürzlich und gründlich erkläret werden. Halle A. MDCCXV. Zu finden in der Rengerischen Buchhandlung. 6 Theile mit 6 Kupfern. 8°, 958 S.

48 M. Johann Peter Millers historischmoralische Schilderungen zur Bildung eines edlen Herzens in der Jugend. 5 Teile. Helmstädt 1753—64.

50 Großes chinesisches Schattenspiel des Deutschen Jugendkalenders, hrsg. v. L. Bechstein u. H. Bürkner, Leipzig 1854.

52 G. R. Widmann: 3 Theile / der Warhafftigen Historien / von den / grewlichen und abschewlichen Sünden und Lastern / auch von vielen wunderbarlichen und seltzamen / ebentheuren: So / D. Johannes Faustus / Ein weitberuffener Schwartzkünstler vnd Ertzzäuberer / durch seine Schwartzkunst biß an seinen

Seite

erschrecklichen / end hat getrieben. Hamburg 1599. Neudruck: hrsg. von H. Düntzer, in der Collektion Spemann, Berlin (Nr. 77).

52 Buch der schönsten Geschichten und Sagen. Für Alt u. Jung wiedererzählt von Gustav Schwab. 1. 2. Theil. Stuttgart, Liesching, 1836 u. 1837. Der 2te Band mit einem Kupfer von Fellner. 2. Aufl. ebenda, 1843. 2 Bände mit je 2 Kupfern. Erweiterte Ausgabe mit d. Untertitel: Die deutschen Volksbücher. (3. Aufl. 1847, ebenda, gleich der 2ten). 4. Aufl. siehe zu S. 112.

52 Reineke der Fuchs. Für die Jugend (metrisch) bearbeitet. Mit 10 Kupfern. Leipzig, Volckmar (1836). — (Zweite Ausg.) Für die gebildete Jugd. bearb. 2te, mit 12 neuen Kupfern (Steindrucken!) verschönerte Aufl. Ebenda (1838?). — Dritte Aufl. m. Bildern v. L. Richter, siehe zu S. 109.

Weitere besonders hübsche Ausgaben:

Reineke Fuchs. Für die Jugend bearbeitet (Prosa). Mit Holzschnitten. Berlin, Enslin (1837) m. 8 Holzschn. auf einz. Tafeln, Titelvignette u. reich illustr. Umschlag.

Die Geschichte von Reineke dem Fuchs. Für die Jugend neu bearbeitet von Franz Hoffmann. Mit 24 Bildern (Steinradierung). Dresden 1846.

Reineke Fuchs. Erzählt für Alt u. Jung von Ferdinand Schmidt. Mit 64 Illustrationen von G. Bartsch. Berlin 1856 (Mohr). Titel rot u. schwarz gedruckt mit einrahmenden Verzierungen. 8 Tafeln u. 56 vorzügliche Holzschnitte im Text.

Reineke Fuchs. Für die Jugend neu bearb. von Karl Seifart. Mit 8 colorirten Bildern nach Zeichnungen von Konrad Weigand. Stuttg. u. Leipz., O. Risch (1874). Enthält als einziges mir bekanntes Buch Steindrucke mit 3facher Tonplatte, die von braun durch fleischrot in grau übergeht.

54 Das Fabelbuch für Kindheit und Jugend. Von J. A. C. Löhr. Mit 12 Kupfern. Leipzig (Cnobloch) 1816. Handkol. Kupfer v. Rosmäsler.

Des Braminen Pilpai Weisheit der Indier in Fabeln. Zur Unterhaltung und Belehrung der Jugend aus gebildeteren Ständen. Bearbeitet von F. A. L. Matthaei, Pastor. Mit 4 Kupfern v. H. Ramberg. Hannover, Helwing (1826). Gestochenes Titelbl. u. 4 kol. Kupfer.

Neues Fabel-, Sitten- und Bilderbuch zur angenehmen u. belehrenden Unterhaltung für die Jugend von J. G. Salzmann. Mit 16 Kupfern. München u. Leipzig (1836).

Seite

54 Einhundert neue Fabeln mit 50 Bildern für die Jugend. Von Friedrich Hoffmann. Mit 50 Abbildungen. (Handkolorirte Steinradirung.) Stuttgart, Hoffmann. 1840.

Neueste Fabeln u. Bilder für die Jugend von Friedrich Hoffmann. Mit 50 Abbildungen. Stuttg., Chelius. 1850. (Seitenstück zu obigem.)

Lieder u. Fabeln für die Jugend. Mit Holzschnitten nach Originalzeichnungen von J. Kirchhoff, geschnitten in der xylograph. Anstalt von Ed. Kretzschmar. Leipzig (um 1843). Titelblatt mit Tonunterdruck, zus. 24 feine Holzschnitte.

55 Centuria / Aenigmatum / selectorum / Das ist: / hundert / auserlesene / Räthzel / welche / nebst derselben / Auflösungen, Erklährungen / und nützlichen Moralibus / Zum Gebrauch der studirenden Jugend, und / zur Ergetzlichkeit anderer Liebhaber, theils selbst ver- / fertiget, theils aus sinnreichen Auctoribus / zusammen getragen / Johann Christoph Ludwig, / Gymnasii Nordhus. Collega. Frankfurt u. Leipzig, 1749./

56 Der kleine Oedipus. Ein Kranz von Bilderräthseln und Sprüchwörtern, der Jugend zur Übung im Nachdenken, Erweckung des Scharfsinns und zur Belehrung in faßlichen Versen und kleinen Erzählungen gewidmet von Heinrich Eduard Maukisch. Mit 12 kolorirten Kupfertafeln. Nürnberg 1837. 80 Miniatur- u. 24 größere Darstellungen, Handkolorit.

Das deutsche Rätselbuch. Gesammelt von Karl Simrock. Zweite Auflage. Frankfurt a. M. Verlag v. Chr. Winter. Gedruckt in diesem Jahr (1856). Mit Umschlagbild u. einem Holzschnitt von F. Pocci. Die erste Aufl. (1850) war nicht ausdrücklich für Kinder bestimmt und ohne die Illustrationen.

57 Kinder und Hausmärchen. Gesammelt durch die Brüder Grimm. 1. 2. Band. Berlin 1812 u. 14. 8°, XXVIII, 388, LXX S. u. XVI, 298, LI S.

Titania, oder moralische Feenmärchen für Kinder. Hrsg. v. M. W. Gottschalck. Mit illuminirten Kupfern. Berlin, Amelang (1821). Beispiel eines hochromantischen Märchenbuches. Verzierter Pappband, schön gestochenes Titelblatt, sieben märchenhaft bunte Kupfer und ein schauerlicher Text.

Bunte Bilder aus der Feen- u. Mährchenwelt der Tausend und Einen Nacht. Zur angenehmen Unterhaltung und Erweckung des Geistes für fleißige Kinder bearbeitet von Albert Ludwig Grimm. Mit 5 sauber colorirten Kupfern. Grimma, Gebhardt (1834). Feine Kupfer von J. H. Ramberg, gute Übersetzung.

Deutsches Märchenbuch. Herausgegeben von Ludwig Bechstein. Mit 10 Stahlstichen (von Schurig u. Brennhäuser) Leipzig

Seite

1846. Seltener als Bechsteins Märchen mit den Bildern L. Richters, und mit z. Tl. anderem Inhalt.

60 Dichtungen aus der Kinderwelt. Altherkömmliche Lieder, Erzählungen, Lehren u. Singspiele für Kinder von neuem herausgegeben. Hamburg 1815. Titelabb. S. 59.

Das deutsche Kinderbuch. Altherkömmliche Reime, Lieder, Erzählungen, Übungen, Räthsel und Scherze für Kinder gesammelt von Karl Simrock. Frankfurt a. M. Gedruckt in diesem Jahr (1848). Die vollständigste Ausgabe dieser vortrefflichen Sammlung, mit einem sehr lebendigen Vorwort von A. Corrodi, ist die 3te v. 1879.

Alte und neue Kinder Lieder. Mit Bildern und Singweisen. Herausgegeben von F. Pocci und K. v. Raumer. Verl. v. Gust. Meyer in Leipzig (1852). Berühmtes Buch. Umschl. u. 48 Holzschn. v. Pocci.

61 Gebete und Lieder für Kinder von M. Christoph Christian Sturm (Vignette) Schafhausen 1783.

Sturm: Vollständiges Gesangbuch für Kinder von reiferem Alter. Halle 1777.

64 Fritzchens Lieder. Herausgegeben von Christian Adolph Overbeck (Vignette). Hamburg (Bohn) 1781. Kl. 8°. 142 S.

66 Christian Felix Weiße'ns Lieder und Fabeln für Kinder und junge Leute. Nach des Verfassers Wunsche gesammelt u. herausgegeben von M. S. G. Frisch. Mit einem Kupfer. Leipzig, 1807 bei Siegfr. Leberecht Crusius.

Kinderlieder von Hoffmann von Fallersleben. Erste vollständige Ausgabe besorgt durch Dr. L. von Donop, Berlin 1877. Die hier vereinigten Lieder erschienen unter verschiedenen ähnlichen Titeln von 1827 bis 1860.

67 Kindergarten. Gedichte von Rudolph Löwenstein. Zeichnungen von Robert Kretschmer. Berlin 1846. Mit 8 Steindrucken. Die 2. Aufl. mit 40 Holzschn. v. Th. Hosemann erschien 1864 als Bilderbuch und erlebte in dieser Form zahlreiche Auflagen.

Reinick: vgl. S. 130, Jugendkalender. Die Gesamtausgaben der Lieder von Kletke, Sturm, Blüthgen, Trojan sind nach 1880 in wenig ansprechender Form erschienen.

70 Der Kinderfreund. Ein Wochenblatt. (Hrsg. v. Chr. Fel. Weiße.) Leipzig. 1775—1782. 24 Teile. Briefwechsel der Familie des Kinderfreundes. Leipzig. 12 Teile. 1784—92.

73 Joseph Schwarzmantel. Ein Unterhaltungsbuch für die Jugend. Mit einem Kupfer. Schnepfenthal 1810.

74 Campe, Joachim Heinrich. Sämmtliche Kinder- u. Jugendschriften. Gesammtausgabe der letzten Hand. Braunschweig,

Seite

in der Schulbuchhandlung 1806. 1. Abeze und Lesebuch. 2.—7. Kinderbibliothek. 8. Seelenlehre für Kinder. 9. Sittenbüchlein für Kinder. 10. 11. Robinson der Jüngere. 12. bis 14. Die Entdeckung von Amerika. 15. Geschichtliches Bilderbüchlein, oder die älteste Weltgeschichte in Bildern und Versen. 16. Klugheitslehren für Jünglinge. 17.—28. Erste Sammlung merkwürdiger Reisebeschreibungen. 29.—35. Neue Sammlung merkwürdiger Reisebeschreibungen.

74, 75 ABC und Lesebuch für die Franke'schen Stiftungen. Halle 1825.

77 Das Leben Jesu für Kinder. Von Jakob Friedrich Feddersen. Magdeburg 1777.

Rosaliens Vermächtnis an ihre Tochter Amanda; oder Worte einer guten Mutter an den Geist und das Herz ihrer Tochter. Ein Bildungsbuch für Deutschlands Töchter von Jakob Glatz. Leipzig 1808. Mit 3 hübschen Kupfern.

Jugend und Tugend der Kinder auf dem Schlosse Rosenthal. Zum Nachstreben für gute Kinder in Erzählungen geschildert von Pastor H. Müller. Mit 6 ill. Kupfern. Leipzig (1825).

Wilhelm und Elfriede, oder die glücklichen Tage der Kindheit. Ein nützliches u. unterhaltendes Lesebuch für gute Kinder, die eben so wohl Unterhaltung, als Belehrung suchen, von Amalia Schoppe, geb. Weise. Leipzig (Taubert) 1829. Mit 1 Titelvignette (verwendet auf dem Deckel unseres Buches) und 5 blattgroßen Kupfern.

Hundert kleine Geschichten. Das allerliebste Buch für gute kleine Kinder. Zur Erweckung des Gemüths und Bildung des Verstandes. Für Schule und Haus. Von Amalia Schoppe, geb. Weise. Mit 50 kolorirten Abbildungen. Berlin 1836. (Besonders reizvoll ausgestattet.)

78 (Don Quixote) Lustige Kinderblibliothek ein Abendgeschenk für solche Kinder, welche am Tage fleißig und gut waren. Erstes Bändchen. Marburg 1787.

81 (Gil Blas) Bibliothek für die erwachsene Jugend zur angenehmen Unterhaltung und Belehrung. 1. Bändchen. (Almanach für Jünglinge auf das Jahr 1802) enthaltend Gil Blas Leben u. Abentheuer im Auszuge. Mit 4 Kupfern. Berlin 1802 bei Friedrich Maurer.

81 Novellen des J. Boccaccio aus dessen Decameron ausgewählt, mit Anmerkungen u. einem Wörterverzeichnis für die Italiänisch lernende Jugend. Hannover 1815.

81 Joachimi Henrici Campe Robinson secundus. Tironum causa latine vertit atque indicem latinitatis adjiciendum

Seite

curavit Philippus Julius Lieberkühn. Zullichoviae 1785. 8⁰. 15 Bl. 324 S. 3 Bl.

81 Robinson Crusoe. Von Daniel de Foe. Nach Böttgers deutscher Bearbeitung neu erzählt von O. L. H. (Heubner). Mit 111 Holzschn. (von H. Bürkner) 1855?

Robinson der Jüngere von Joach. Heinr. Campe. Für das Volk und die Jugend neu bearbeitet von W. O. von Horn (W. Oertel) Altenburg, Geibel (1868) mit 4 Stahlstichen. Eine spätere Aufl. enthält noch 35 sehr gute Holzschnitte. Vgl. ferner S. 109, L. Richter.

81 Adolph Freiherr von Knigge über den Umgang mit Menschen. Im Auszuge für die Jugend mit einer durchgängigen Beispielsammlg. von J. G. Gruber. 1. Teil. Leipzig 1801. 2. Teil. Enthält die pragmatische Anthropologie. Leipz. 1803.

82 Moralische Kinderklapper für Kinder und Nichtkinder von J. C. Musaeus. Gotha 1788 (ohne Kupfer). 3. Aufl. m. 16 Kupfern v. Schubert. Gotha 1823. Abbildung S. 68.

82 Palmblätter oder erlesene morgenländische Erzählungen. (Von J. G. Herder u. A. J. Liebeskind.) Jena 1786—88. 2. Aufl. mit 12 Kupfern. Berlin 1831. Neue Ausgabe mit 12 Bildern von Th. Hosemann. Berlin 1857. (Die schönste.)

83 Reise des Capitain Lemuel Gulliver nach dem Lande der kleinen Lilliputier. Mit 16 illuminirten Kupfern geschmückt. Leipzig (1830). Baumgärtner. Quer 16⁰, 40 S.

84 Buch für Kinder gebildeter Stände von Ernst von Houwald. 1.—3. Bdchn. Mit 15 Kupfern von H. Ramberg, Näke und Fuger, gestochen von Böhm, Fleischmann & Schwerdtgeburth. Leipzig. Göschen, 1820—24.

84 Geschichtchen für meine Söhne von A. v. Kotzebue. Erstes (einziges) Bändchen. Stuttgart u. Tübingen, Cotta 1812.

84 Biblische Geschichten. Für die Jugend bearbeitet von Dr. J. P. Hebel. 1. 2. Bändchen. Stuttg. u. Tübingen (Cotta) 1824.

84 Schatzkästlein des rheinischen Hausfreundes von J. P. Hebel. Die schönste Ausgabe: Stuttgart, Cotta, mit 60 Holzschnitten von Schmolze u. Stauber. 1846.

84 Die Feyerabende in Mainau. Von Friedrich Jakobs. 1. 2. Theil. Leipzig 1820.

Kleine Erzählungen des alten Pfarrers von Mainau. Ein Buch zur Unterhaltung der Jugend. Nebst einem Vorwort für erwachsene Leser. Herausgegeben von Friedrich Jakobs. Leipzig (Dyk) 1833.

84 Kleine Plaudereien für Kinder welche sich im Lesen üben wollen von J. A. C. Löhr. Pastor in der Altenburg vor Merseburg. Frankfurt a. M. 1. 2. 3. Bdchn. 1800 bis 1809.

Seite

86 Das Huhn und seine Küchlein. Ein fabelhaft lustiges und erbauliches Bilderbüchlein in Knittelversen und Reimen für Kinder von Karl Blumauer. Mit 16 illum. Bildern. Gotha 1832. 8°, VIII, 106 S. 1 Bl. Abb. S. 86.

89 Blumengewinde in Vater Rosenfelds Lieblingslaube, oder Unterhaltungen über Gegenstände aus dem Natur-, Kunst- und Menschenleben; ein neues und lehrreiches ABC und Lesebuch von M. A. B. Reichenbach. Mit 25 fein gestochenen und prächtig illuminirten Kupfern. Leipzig, Taubert (1830).

89 Bilder der Jugend, Unschuld und Tugend, zum Vergnügen und zur Belehrung für das Kindheitsalter der Knaben und der Mädchen abwechselnd u. nach alphabet. Ordnung dargestellt von Heinrich Müller, Prediger. Eigene und nicht abgeschriebene Arbeit. Mit 49 colorirten Bildern. Leipzig (1831). Gestochenes u. kolor. Titelblatt, u. 12 kol. Tafeln mit je 4 Darstellungen von P. C. Geißler. Umschlagdecken u. Rücken in Kupfer gestochen, Mitte colorirt, Umrahmung schwarz.

90 Unterhaltende Geschichte der Madame Kickebusch und ihres Hundes Azor. Mit 16 kolor. Kupfern. Leipz. (1830). Abb. S. 90. Auch mit französ. Text: Aventures plaisantes de Madame Gaudichon et de son chien. Mit kurzen erklärenden Noten zum Übersetzen für Kinder, ebda 1834.

90 Der kluge Quökelhahn. Eine schöne Geschichte in Versen, in sechs Büchern, mit (12) Bildern (Holzschn.). Von Johann Jeremias Kummer. Nebst einem orthographischen Anhange. Erfurt 1829. Eigenthum des Verfassers. 2. Aufl. mit 13 (illuminirten) Bildern. Erfurt 1833. 3. Aufl. mit 24 Bildern in farbigem Holzschnitt u. Handkolorit. ebda. 1837. 4. Aufl. mit 4 kolor. Steindrucken. ebda. 1851. 5. verb. Aufl. Mit 12 Bildern in Farbendruck nach Zeichn. v. Gustav Süs, Erfurt. Fr. Bartholomäus. 1881. 6. Aufl. mit veränderten Bildern, ebenda. 1882. 7. Aufl. mit veränderten Bildern, ebenda. 1884. Abb. S. 134.

91 Der Affe in guter Laune oder der eifrige Barbier: Scherzhafte Erzählung mit 16 kol. Kupfern. Leipzig 1835.

93 Erstes Lesebuch für evangel. Schulen. Mit vielen Bildern. Güns, 1846. Beispiel eines besonders reizvoll ausgestatteten Lesebuches der neueren Zeit. Abb. S. 93.

94 Gesammelte Schriften des Verfassers der Ostereier, Christoph von Schmid. Originalausgabe von letzter Hand. 1. bis 18. Bändchen. Augsburg, Wolff. 1841. 2. unveränd. Aufl. 1858. Mit 18 Stahlstichen.

96 Geschichtenbuch für die Kinderstube. Kleine moralische Erzählungen für Kinder von 5—8 Jahren. Von Franz Hoff-

mann. 2. Aufl. mit vielen neuen Abbildungen. Stuttgart 1850. M. 16 Steindrucken.

97 Nieritz, Die Schwanen-Jungfrau. Belehrende Sage der Vorzeit. Für die Jugend erzählt. Berlin, Vereinsbuchhandlg. (Gubitz) 1833. Erste Jugendschrift N.'s.

Nieritz, Die Pilger und der Lindwurm, oder die Erfindung des Schießpulvers. Ein Festgeschenk für die Jugend u. deren Freunde. Nebst vier, von dem Verfasser selbst auf Stein gezeichneten Bildern. Berlin, Vereinsbuchhdlg. 1839.

Nieritz, Gutenberg und seine Erfindung. Eine Erzählung über Sprache, Schrift u. Buchdruckerkunst. Für Jung u. Alt dargestellt. Mit e. illum. Kupfer. Leipzig, Wöller (1840). Hübsches Titelbild in Handkolorit von unkolorirten Darstellungen u. Ranken umrahmt (vgl. S. 89, Mitte).

Nieritz, Der Pauken-Doctor, Die Brüder und der Exorcismusstreit. Drei Erzählungen für die erwachsene Jugend. Mit vielen Holzschnitten. Lpz. G. Wigand. Der 1. Teil m. Original-Holzschn. von Bürkner, für den 3ten wurden solche L. Richter's aus dem ungefähr gleichzeitig erschienenen Landprediger von Wakefield benutzt.

Nieritz, Der Findling, oder: Die Schule des Lebens. Eine nützliche u. unterhaltende Erzählg. f. d. Jugend. Leipz. Mayer & Wigand, 1844. Mit schönem Titelbild (Stahlstich) v. Schurig.

Nieritz, Der Canarienvogel. Eine Erzählg. f. d. Jugd. u. deren Freunde. Besondere Ausgabe mit vier kolorirten Bildern von Th. Hosemann. Leipz., G. Mayer 1852.

99 Atzerodt, Kleine Geschichten und Gespräche für Kinder. Mit 22 col. Tafeln. Quedlinburg u. Leipzig 1830. S. Abb. S. 99.

101 Eine Auswahl von Hosemann-Büchern. Dielitz, Germania. Deutschlands wichtigste Ereignisse u. das Leben seiner berühmten Männer in Erzählungen für die Jugend dargestellt. Mit 8 illum. Bildern. 1835.

A. Hillert, Novellen für die reifere weibl. Jugend. Mit 6 schw. Bildern. 1838.

Dielitz, Lebensbilder. (Erstes Bändchen dieser Art, Naturschilderungen, Jagden u. Abenteuer.) Mit 8 illum. Bild. 1840.

Holting, G. Der kleine Däumling. Mit 16 illum. Federzeichn. 1841. (Hieraus die Abbildungen auf S. 102 u. 103.)

Arndt, Märchen u. Jugenderinnerungen. Mit 6 lith. Federzeichn. Berlin, Reimer. 1843.

Marcett, Land und Wasser. Mit 6 kol. Bildern. 1845.

Seite

101 Stein, A. 50 Kinderbriefe. Mit 9 kol. Bildern. 1845.

Dielitz, Völkergemälde u. Landschaftsbilder. Mit 8 kol. Bild. 1846.

Fürstenhaupt, Der Mücken- u. Ameisenkrieg, eine komisch-epische Fabel des 16. Jahrhunderts in drei Gesängen, als ein unterhalt. u. belehr. Festgeschenk für die Jugd. neu erzählt (nach dem ältesten Druck v. 1580). Mit 12 kol. Federz. Berlin, Stuhr. 1846. Von bezaubernder Eigenart!

Rosalie Koch. Iduna. Erzähl. u. Märchen. Mit 9 kol. Bild. 1846.

Tante Amanda, Der kleine Frieder. Erzähl., Märch. u. Lieder. Mit 8 kol. Bild. 1847.

Der kleine Thierfreund. Zur Belehrg. u. Aufmunt. d. Jugend hrsg. v. d. Verein gegen Thierquälerei zu Berlin. Berlin, Hayn. 1848. Mit 20 Holzschnitten.

Freudenfeld u. Sauer, Das Buch der Kindheit. Lieder, Fabeln, Erzähl. Mit 8 kol. Bild. 1853.

A. Moritz, Großvaters Erzählungen. Mit 7 kol. Bild. 1853.

Marie Osten, Glühwürmchen. Erzähl. f. artige kl. Kinder. Mit 9 kol. Bild. 1859.

A. Strodtmann, Das Wunderbuch. Heroensagen des griechischen Altertums in modernem Gewande. Mit 8 kol. Federzeichn. 1862. Eine humoristische Darstellung der Götter- u. Heldengeschichten.

Sehring, W., Lust und Scherz. Jugendalbum erzählender Dichtungen humoristischen Inhalts. Mit 8 kol. Bildern. 1867.

Filhes u. Ebeling, Bienen. Erzähl., Lustspiele, Gedichte u. Skizzen. Mit 8 kol. Bild. 1870.

F. Wiedemann, Schulfrühling. Mit 8 kol. Bild. Dresden, Meinhold. 1871.

Derselbe, Für Kopf u. Herz. Mit 4 Buntdruckbild. v. Th. Hosemann u. zahlr. Holzschn. v. L. Richter u. and. Leipzig, Germann. 1872. (Die beiden obigen sind Großoktav-Bücher, mit gutem Text, als Beispiele außerhalb Berlins erschienener Hosemann-Kunst.)

Stein, A. Kinderbriefe. 2. Aufl. mit 9 neuen kol. Bildern. 1872.

Stein, A. Geschichten für Kinder von 10—12 Jahren. Mit 9 kol. Bild. 1873.

Koch, Rosalie. Die Kinderzeit. Erzählungen mit den letzten Illustrationen vom Professor Hosemann. 1876.

(Vgl. auch S. 82, Palmblätter; S. 98, Nieritz, Der Canarien-

Seite

vogel; S. 110, Kletke, Kinderfreund und Andersens Märchen; S. 120, Puppe Wunderhold und 52 Sonntage. Die obigen 27 Bändchen charakterisieren alle ähnlichen Zeiterscheinungen vollständig. Sämtliche Bücher ohne Angabe des Verlags: bei Winckelmann u. Söhne, Berlin.)

106 Zu Goldmaria u. Pechmaria. Ludwig Bechsteins Märchenbuch, illustrirt v. Ludwig Richter. Leipz. 1853 und in vielen späteren Auflagen.

111 F. Pocci „Was du willst." Ein Büchlein für Kinder von Franz Pocci. München, Braun u. Schneider (1853). 8°. 205 S. 1 Bl.

106 Aus Wald und Bergen. Märchen für die Jugend von Franz Sträßle. Stuttg. Wilh. Nitzschke. 1859. 8°. Pappbd., weiße Deckel mit Reliefprägung in Gold, Karmin u. Grün. Titelbild, Titelblatt u. 5 Steindrucke mit Schablonenkolorit, dazu ein Widmungsblatt in Gold, Karmin, Blau, Orange u. Grün geprägt. (Das Bändchen wurde später mit grauem Packpapier überzogen und bekam ein neues lithogr. Deckelbild.)

Im grünen Wald. Bilder aus der Natur von Isabella Braun. Mit Zeichnungen von Ferd. Rothbart. Stuttg. u. München, Gebr. Scheitlin. 1856. Deckelzeichn. u. 7 blattgroße Federz. in lith. Farbendruck u. Handkolorit.

Interessante Erzählungen für die Jugend und das reifere Alter. Gesammelt u. bearbeitet von G. Bauer. Mit 4 Bildern. Stuttg. Schmidt und Spring (1864). Bunt überzogener Pappband mit Rosen u. Vergißmeinnicht, die vier Steindrucke in schablonenkolorirter Kreidezeichnung.

107 Vacuna. Erzählungen für Freistunden, vorzüglich der Jugend. Von A. F. E. Langbein. Berlin 1826 (Amelang). M. 4 Kupfern v. H. Ramberg.

107 Fastnachtsbüchlein für Jung u. Alt. Herausgegeben von Friedrich Raßmann. Hamm 1826. Mit einem Titelkupfer von H. Ramberg.

108 Jugendunterhaltungen von G. P. L. Leonhardt Wächter. Hamburg bey Aug. Campe 1827. Titelbild u. Titelblatt in Zeichng. von O. Speckter.

108 (Hey, Wilh.) Fünfzig Fabeln für Kinder. In Bildern gezeichnet von Otto Speckter. Mit einem ernsthaften Anhange. Mit 2 Deckelzeichnungen u. 50 Bildern in Steindruck. Hamburg, Perthes, 1833.

108 Emilie Feige, Der kleine Gesellschafter für freundliche Knaben u. Mädchen von 5—10 Jahren. Berlin, 1836. Verl. v. G. Gropius. Mit 30 Federzeichn. in Steindruck von Ad. Menzel.

Seite

108 Naturgeschichtliches Fabelbuch von August Gehring. Mit Bildern, entworfen und auf Stein gezeichnet von Carl Ens. Nebst einem Anhange. Berlin 1843 (Reimer). Mit 50 schönen Steindrucken. Getreues Abbild der Hey-Fabeln, auch in den mit Bild u. Text ausgestatteten Deckeln, den Versen, u. dem frommen Anhang — aber sehr gut!

108 Vom Hausmäuschen und Feldmäuschen in Stadtschlößchen und Landhäuschen. Breslau (Trewendt) 1870? Text von A. Harnisch, mit 13 Holzschn. v. O. Speckter. Umschlag und Titel rot u. schwarz gedruckt, jede Seite rot eingefaßt.

109 Deutscher Jugendkalender. Mit Geschichten u. Liedern v. Berth. Auerbach, Herm. Kurtz, R. Reinick u. a. u. mit Holzschn. nach Zeichnungen von Lorenz Frölich, H. Bürkner, L. Richter, Th. v. Oer, E. Hasse u. a. Dresdener Künstlern. Leipzig, G. Wigand. 1847—55, 1858. (Vgl. S. 130.)

109 ABC-Buch für kleine und große Kinder, gezeichnet von Dresdener Künstlern. Mit Erzählungen u. Liedern von Robert Reinick und Singweisen v. Ferd. Hiller. Leipzig, Georg Wigand. 1845.

109 Georg Scherers illustriertes Deutsches Kinderbuch. Alte u. neue Lieder, Märchen, Fabeln, Sprüche u. Räthsel. Mit Radierungen u. Holzschnitten nach Zeichnungen v. P. v. Cornelius, Wilh. v. Kaulbach, E. Neureuther, O. Pletsch, Franz Pocci, Ludw. Richter, Moritz v. Schwind u. a. Stuttgart, Georg Scherer. 1863. (1. Aufl. unt. d. Titel: Alte u. neue Kinderlieder, Leipzig 1849—53.)

109 Robinson der Jüngere. Ein Lesebuch für Kinder von Joachim Heinrich Campe. 1. 2. Theil. Vierzigste rechtmäßige Auflage. Braunschweig (Vieweg u. Sohn) 1848. (Erste von L. R. mit 48 Holzschn. illustr. Ausgabe.)

109 Die schwarze Tante. Märchen u. Geschichten für Kinder. Mit Holzschn. nach Ludwig Richter. Leipzig 1848. Georg Wigand.

109 Ludwig Bechsteins Märchenbuch. Mit 174 Holzschn. nach Orig.-Zeichn. v. Ludwig Richter. 12te Auflage. Erste illustrierte Ausgabe. Leipzig, Georg Wigand. 1853. 2te illustr. Ausg. ebenda. 1857. Mit 190 Holzschn.

109 Märchen und Geschichtchen eines Großvaters von Georg Keil, Leipzig. Verl. von Otto Wigand 1847. 8⁰. 4 Bl. 184 S. mit 10 Holzschn. nach Ludwig Richter u. 3 Holzschn. nach J. Kirchhoff.

109 Knecht Ruprecht, auch St. Niclas oder Pelzmärtel genannt. Eine Weihnachtszeitung von Johann Traugott (Löschke) mit Bildern v. Ludwig Richter u. anderen u. mit Singweisen.

Seite

Nebst einem Beiblatte: der Christmarkt. Leipzig, J. T. Löschke. 1852, 53, 54.

109 Reineke der Fuchs. Für die gebildete Jugend bearbeitet. Dritte verbesserte Auflage. Mit neuen Kupfern (Steindrucken) verschönert, nach Zeichnungen von Professor L. Richter in Dresden. Leipzig bei Friedr. Volckmar. (1840.) 11 Steindrucke. Desgl. Neue Aufl. mit Holzschnitten. Leipzig, Renger. (1843.) 12 Holzschnitte.

Neue Fabeln v. K. F. W. Wander. Mit 17 Bildern v. Prof. L. Richter, Leipz. O. Wigand. 1846.

Volksmärchen aus der Bretagne. Für die Jugend bearb. v. Heinr. Bode. Mit Bildern v. Prof. Richter u. T. Johannot. Leipzig, O. Wigand. 1847.

Voer de Goern. Kinderreime alt u. neu von Klaus Groth. Mit 52 Holzschn. u. Orig.-Zeichn. v. Ludw. Richter. Leipz. Georg Wigand. 1858.

Bilder und Reime, Reime u. Bilder für Kinder von Wilh. Hey. Neue Ausg. mit 31 Holzschnitten. Leipz. 1859, später Stuttgart.

Es war einmal. Ein Bilderbuch von Dresdener Künstlern. Dresden, J. H. Richter. Mit 41 Holzschn. 1862. (Vgl. auch Nieritz, Die hl. 3 Könige zu S. 111.)

110 Der Neue Kinderfreund. Hrsg. v. Hermann Kletke. 1. Teil, mit 10 lith. Federz. v. Theod. Hosemann. Berlin 1843. II. Teil. M. 10 Zeichn. v. L. Richter u. vielen Vignetten. Berlin 1845. Gr. 8⁰.

110 H. C. Andersen's Märchen. Aus dem Dänischen übertragen von Jul. Reuscher. 2te verm. u. verb. Aufl. Ill. v. Theod. Hosemann, Graf Pocci, Ludwig Richter u. Raymond de Baux. Verlegt von M. Simion in Berlin. 1851.

111 Deutsche Fabeln des XVIII. und XIX. Jahrhunderts. Herausgegeben von H. Kletke. Mit 4 Stahlstichen (Radierungen) von O. Speckter. Berlin, Klemann. (1841.)

111 Das Märchen vom gestiefelten Kater in den Bearbeitungen von Straparola, Basile, Perrault u. Ludw. Tieck. Mit 12 Radierungen von Otto Speckter. Leipz. Brockhaus. (1843.)

111 Märchen von F. W. Hackländer. Mit 6 Original-Stahlstichen (-Radierungen) von J. B. Zwecker, Stuttgart, Ad. Krabbe. 1843.

111 Der Pilgerzug nach Mekka. Morgenländische Sagen und Erzählungen von F. W. Hackländer. Mit 6 Stahlstichen nach Orig.-Zeichn. v. Jul. Schnorr. 2te Aufl. Stuttg., Krabbe. (1850?) Die erste Aufl. (1847) nicht für Kinder.

111 Märchen für Söhne u. Töchter gebildeter Stände von Wilhelm Hauff. 6. Aufl. m. 6 Radierungen von J. B. Sonderland (erste dieser Art). Stuttg. 1842.

111 Neue Mährchen von H. C. Andersen. 1. Bd. Aus d. Dänischen von Dr. Le Petit. 2te Aufl. m. 8 Bildern von Otto Speckter. Hamburg, Kittler. 1848. 2. Band. Aus d. Dänischen von H. Zeise. Mit 6 Bildern v. O. Speckter, ebenda. 1846. (Die 1. Aufl. von Bd. 1 enthält keine Bilder von Speckter.)

Alb. Ludw. Grimm, Kindermärchen. Mit 7 Or.-Radierungen von F. Pocci. Heidelberg 1839. Frühe, eigenartige Blätter des im Holzschnitt u. namentl. in Farben lustiger wirkenden Künstlers.

Gustav Nieritz, Die heiligen drei Könige. Leipz. 1846. Mit 1 Titelbild von L. Richter, das zwar nicht als eigenhändige Radierung gilt, aber ansprechender ist, als die ebenso seltenen Pocci's.

112 Jugend-Album, mit artist. Beiträgen v. Dieffenbach, Mintrop, Scheuren, Schrödter, Sonderland, Camphausen u. a. unter literar. Mitwirkg. von Bechstein, Müller v. Königswinter, Simrock u. a. redigirt von N. Hocker. 1.—4. Jahrg. Düsseldorf 1856—59. 4⁰ mit vielen kolor. Tafeln.

112 Märchen und Sagen für Jung und Alt. Original-Erzählungen (von Bechstein, Colshorn, Herchenbach, Leop. Schefer u. a.) mit Illustrationen von Beck, Camphausen, Fay, Fickentscher, Scheuren, Schroedter, Sonderland, Süs, Vautier u. a. 1. 2. Bd. Düsseldorf, Arnz u. C. (1856). Gr. 4⁰.

112 Neue Naturgeschichte der Stubenvögel. Ein Lehrgedicht von Bechstein dem Jüngeren. Hannover 1846.

112 Zweihundert deutsche Männer in Bildnissen und Lebensbeschreibungen. Herausgegeben von Ludwig Bechstein. Leipzig, Georg Wigand 1854. Gr. 4⁰, 209 unbez. Bl.

112 Deutsches Sagenbuch von Ludwig Bechstein. Mit sechzehn Holzschnitten nach Zeichnungen von A. Ehrhardt. Leipzig. Verlag v. Georg Wigand. 1853. Lex. 8⁰, 814 (!) S.

112 Schwab, Gust. Die deutschen Volksbücher für Jung u. Alt wieder erzählt. Vierte Aufl., mit 180 Illustrationen nach Zeichnungen von Wilh. Camphausen, Ant. Dietrich, Ad. Ehrhardt, Theod. Große, Jos. Manes, Theod. v. Oër, Oskar Pletsch u. Emil Sachse in Holzschnitt ausgeführt durch Hugo Bürkner. Stuttg. 1859. (Die erste Auflage dieser Art, den von L. Richter illustrierten Bechstein-Märchen zu vergleichen.)

Seite

113 Deutsches Hausbuch. Herausgegeben von Guido Görres. 2 Bde. München 1846 u. 1847. kl. Folio, je VIII u. 184 S. Mit Beiträgen von Brentano, Eichendorff, Freiligrath, Görres, Novalis, Schenkendorff u. a. sowie mit Holzschnitten nach Kaspar Braun, W. v. Kaulbach, F. Graf Pocci, Steinle u. a.

Ferner: Schön Röslein. Ein Mährchen, erzählt von Guido Görres, gezeichnet von Franz Graf von Pocci. München (1837). Mit 68 Holzschn. u. 10 Vignetten.

116 Stöber, Karl. Waldblumen. Erzählungen für Jung u. Alt. Illustrirt von R. Geißler. Glogau, Flemming 1860. M. Umschlag u. 5 getönten Kreidelithogr. (Die Gesamtausg. seiner Erzählungen, Dresden 1841, später Leipzig, mit Bildern von Ludwig Richter, ist nicht eigentlich für Kinder geschaffen worden.)

116 Ottilie Wildermuth: Erzählungen u. Märchen für die Jugend. Mit 4 kol. Bildern. Stuttg. (Scheitlin) 1855. Das erste eigene Buch der Verfasserin. Dies so gut, wie die in rascher Folge bei Krabbe, später bei Kröner in Stutttgart erschienenen anderen gehören mit ihrer hübschen Ausstattung und den guten Stahlstichen von Kolb, Offterdinger, Rothbart, Jul. Schnorr u. Wagenmann zu den besten Jugendschriften (S. 106). Titel: Aus der Kinderwelt 1856. Kindergruß 1859. Aus Schloß u. Hütte 1862. Jugendgabe 1864. Für Freistunden 1868. Aus Nord u. Süd 1874. Erzähl. u. Märch. erschien 1862 in 2ter Aufl. unter dem Titel: Von Berg u. Thal.

116 Corrodi, August. Schloß Waldegg u. seine Bewohner. Ein Sommerferienbuch für die Jugend. Mit 8 col. Bildern (Steindrucken vom Verfasser) Stuttg. Schmitt u. Spring. 1860. M. buntem Deckel: Das Waldschloß.

118 Bilderbüchlein. Ein Neujahrsgeschenk für gute und fromme Kinder. Stuttgart, Ebner (1816). 18⁰, 98 S.

120 Schicksale der Puppe Wunderhold. Zur Unterhaltung für kleine Mädchen von A. Cosmar. Berlin. F. H. Morin (1839). Mit 6 Federzeichnungen von Theod. Hosemann u. zahlr. Vignetten. 2.—9. Aufl. mit 8 kolor. Lith. v. L. Thalheim. Berlin, Plahn. 1865—1888. 10.—22. Aufl. u. folg. m. 6 Farbendruckbildern von W. Claudius. Stuttgart 1897 u. f.

120 Zweiundfünfzig Sonntage oder Tagebuch dreier Kinder. Von A. Stein. (Margarete Wulff.) Mit 9 illum. Bildern (von Th. Hosemann). Berlin, Winckelmann u. Söhne 1846.

Seite

124 Deutsche Jugend. Illustrirte Monatshefte. Unter Mitwirkung von Fr. Bodenstedt, Isab. Braun, V. Blüthgen, F. Dahn, Th. Fontane, E. Frommel, E. Geibel, C. Gerok, Cl. Groth, Fr. Güll, Hoffmann-Fallersleben, H. Kletke, H. Kurz, Rud. Löwenstein, Ed. Mörike, G. Pfarrius, R. Reinick, O. Roquette, G. Scherer, H. Seidel, K. Simrock, J. Stieler, Th. Storm, Jul. Sturm, Alb. Traeger, Joh. Trojan, O. Wildermuth, Jul. Wolff und anderen herausgegeben von Jul. Lohmeyer. Mit Holzschnitten nach Original-Zeichnungen von H. Bürkner, L. Burger, W. Camphausen, F. Flinzer, Wold. Friedrich, Jos. Ritter v. Führich, K. u. J. Gehrts, R. Geißler, R. Hammer, Alb. Hendschel, H. Lüders, C. Offterdinger, Fr. Preller, Ludw. Richter, Ferd. Rothbart, P. Thumann, Herm. Vogel, A. v. Werner, Al. Zick u. a. unter künstlerischer Leitung von Oskar Pletsch. Leipzig, Alph. Dürr. 1873 u. f.

128 Das Berliner Kinderwochenblatt. Berlin, Verl. v. G. Gropius. 1832—1835 gr. 4⁰, 52 Hefte mit je einer Steindrucktafel. 1836 8⁰, ohne Bilder (letzter Jahrg.) ging über in den Berliner Jugendfreund.

128 Puck. Ernst, Scherz und sinnige Spiele der Jugend. Unter Mitwirkung von Hübner-Trams u. a. Hrsg. v. R. Löwenstein. Mit Orig.-Zeichn. v. Th. Hosemann, A. Haun, R. de Vaux u. a. acht Spielbeilagen u. vielen in d. Text gedr. Holzschn. Berlin 1856. O. Janke. (1. Jahrg.)

128 Der Gnom. Ernst, Scherz und sinnige Spiele. Herausgegeb. v. Hübner-Trams. Berlin, O. Janke. 1859, 61, 63. Später Breslau, Trewendt.

128 Die Kinderlaube. Illustr. Jugendzeitung in Monatsheften mit Erzählungen, Märchen, Schilderungen, Lebensbeschr., Gedichten ꝛc. ꝛc. Für den Familienkreis bearb. v. Heinr. Stieler. Unter Mitredaktion v. C. Meinhold u. Söhne. Dresden (1863) 4⁰.

Jugendblätter für christliche Unterhaltung u. Belehrung. (Später: Zur Unterhaltg. u. Belehrg.) Unter Mitwirkung von mehreren Jugendfreunden herausgegeben von Isabella Braun. Stuttg. (Scheitlin) 1855. (Später München, Braun u. Schneider.)

129 Der neue deutsche Jugendfreund. Zeitschrift für Unterhaltg. u. Veredlung d. Jugd., herausg. v. Franz Hoffmann. (Erster) Jahrg. 1846. M. 24 schwarzen u. 12 color. Bildern (in Steindruck) Stuttg., Schmidt u. Spring. 1846.

129 Jugendalbum. Blätter für den häuslichen Kreis unter Mitwirkung von Gustav Schwab, herausgegeben von Emma Niendorf. Mit Beiträgen von Dielitz, Güll, Fr. Hoff-

Seite

mann, G. Nieritz, F. Pocci, C. Stöber, u. a. die Kunstbeilagen von O. Achenbach, O. Arnz, Ch. Böttcher, Th. Hosemann, L. Richter, J. B. Sonderland u. a. Stuttgart, Hallberger. Um 1850.

129 Töchter-Album. Unterhaltungen im häuslichen Kreise zur Bildung des Verstandes u. Gemüths der heranwachsenden weibl. Jugend. Mit Beiträgen von Tante Amanda — Aurelia — Marie Nathusius — Herm. Wagner u. a. Mit 30 Lithogr. nach Orig.-Zeichn. v. Professor Bürkner, A. Hindorf u. H. Wagner. Herausgegeb. v. Thekla v. Gumpert. Glogau, Flemming (1854).

129 Herzblättchens Zeitvertreib. Unterhaltungen für kleine Knaben u. Mädchen zur Herzensbildung u. Entwickelung der Begriffe. Mit Illustrationen von H. Bürkner, K. Fröhlich, Jul. Scholtz u. H. Wagner. Im Verein mit mehreren Kinderfreunden herausgegeben von Thekla v. Gumpert. Erster Bd. Mit 25 Lith. u. 20 Holzschnitten. Glogau, Flemming (1856).

131 Pocci, Franz. Lustiges Komödienbüchlein. 6 Bändchen, m. Holzschnitten. München (Leutner) 1859—77.

Neues Kasperltheater. 2te, durch 2 neue Stücke vermehrte Aufl. Stuttg. u. Leipz. O. Risch 1873. M. 8 Holzschn. u. kolor. Umschlag.

131 Käsperle. Puppentheater für lustige Kinder. Mit 10 Zeichnungen von F. Jaede. Hildburghausen (1852). Mit 10 lith. Kreidezeichn., handkolorirt.

132 Puppenköchin Anna. Ein praktisches Kochbuch für kleine liebe Mädchen. Von Henriette Davidis. (Mit 1 Titellith. v. Sonderland.) 2. verm. Aufl. Dortmund, 1858.

Puppenmutter Anna, oder wie Anna sich beschäftigt und ihren Puppen-Haushalt führt. Nebst Geschichten u. Gedichtchen von Henriette Davidis. Mit e. prachtvollen (sic!) Farbendruck. (Von Sonderland.) Dortmund 1858.

Namen- und Sachregister

(Die in Klammern gesetzten Seitenzahlen beziehen sich auf die Bibliographie.)

Abbildungs-Verzeichnis

Seite

Inhalt

Druckfehler: S. 17 Zeile 2 v. u. „Aber“ und „rechtes“ sind zu streichen. S. 28 Absatz 2 (Zeile 10—12) fällt fort. S. 68: In der Überschrift ist „neuen“ zu streichen. S. 93 Zeile 7 v. o. die Klammern um „(aber)“ fallen fort. S. 93 Zeile 9 v. o. nach „Arbeit“: Gänsefüßchen oben. S. 122 Zeile 11 v. o. lies Entwürfen statt Entwurfe. S. 123 Zeile 2 v. u. lies in der Unterschrift: „Die Hoffmann's ursprüngliche Zeichnungen ohne Überarbeitung wiedergab.“

Nachwort

Von Hubert Göbels

«Oh, es gibt überall Reizvolles in einem deutschen Kinderbücherschranke!»

Mit diesem Satz, der für den Autor beglückende Feststellung ist und den Leser provokativ zur Überprüfung auffordert, beschließt Karl Hobrecker sein «Werk, das von guten, anspruchslosen Dingen, wie sie in die Bücherschränke der Kinderstube gehören, mehr plaudert, als es sie wissenschaftlich registriert» (Vorwort). Er kannte sich sehr wohl aus in der Sache, denn er war der erste, der bald nach der Jahrhundertwende begonnen hatte, Kinderbücher, die «kleine Literatur», systematisch zu sammeln. Die zusammengetragenen Schätze sowie das beim Sammeln erworbene Wissen drängten ihn schon bald, einem größeren Publikum liebevoll und eindringlich mancherlei über «Alte vergessene Kinderbücher»[1] anzuvertrauen. Doch – «durchaus nicht mit seiner Würde und Amtsmiene tritt dieser erste Archivar des Kinderbuches mit seinem Werk vors Publikum. Er wirbt nicht um Anerkennung seiner Arbeit, sondern um Anteil an dem Schönen, das sie ihm erschlossen hat. Alles Gelehrte, insbesondere ein bibliographischer Anhang von etwa zweihundert der wichtigsten Titel ist Beiwerk, das dem Sammler willkommen ist, ohne den Fernerstehenden zu behelligen.»[2]

Um Unkundigen den Zugang zu den ausgestellten repräsentativen Einzelstücken seines Kinderbuch-Museums zu erleichtern, bietet Hobrecker Bilder als von Kindertagen an gewohnte Verstehenshilfen, schwarzweiß und farbig, insgesamt 77 Illustrationen. Er erinnert überdies durch die Überschriften der Buchkapitel an Buchbegegnungen: ABC-Bücher – Unterhaltsame Lehrbücher – Unterhaltungsliteratur – Volksbücher – Das Lied – Weltliteratur und Klassiker.

Was für eine Bewandtnis aber hat es mit dem in der Mitte des Buches eingeklebten Doppelblatt einer «Buchhändleranzeige aus dem Beginn des 19. Jahrhunderts»? Dieser Werbetext ist keineswegs ein kurioser Einfall und schon gar nicht ein Lückenbüßer; denn mit Sicherheit gab es in Karl Hobreckers Kinderbuchsammlung mehr als nur eine Anzeigenprobe aus den Zentren des deutschen Buchhandels in Berlin, Leipzig, München oder Frankfurt. Statt dessen entschied er sich für einen kaum bekannten Buchhändler des Städtchens Iserlohn im westfälischen Randgebiet des Sauerlandes, für ein Dokument, das ihm vermutlich ein «Stück Heimat» bedeutete.

Bei Iserlohn nämlich war die Fabrikantenfamilie Hobrecker[3] ansässig. Friedrich Hermann Hobrecker, der Vater Karl Hobreckers, stammte aus Hamm/Westfalen, wo er am 28. 1. 1845 geboren wurde. Nach mehreren Auslandsaufenthalten (u. a. in England) trat er 1869 als Mitarbeiter in das Familienunternehmen ein, zu dem vor allem Betriebe der Drahtindustrie und in späteren Jahren auch der Zellulose- und Papierfabrikation gehörten. Als das Werk in Hamm 1872 in eine Aktiengesellschaft («Westfälischer Drahtindustrie-Verein») umgewandelt wurde, übernahm Hermann zusammen mit dem älteren Bruder die Direktion. Seit 1869 war Hermann Hobrecker mit seiner Kusine Marie Amalie Witte (geb. 29. 7. 1845) vermählt. Ihr Vater war Mitinhaber der Nadelfabrik Witte & Co. zu Iserlohn. 1876 erbauten Hermann Hobrecker und seine Frau in Westig bei Iserlohn eine Villa. Von dort fuhr der Hausherr jeden Montag nach Hamm, um seinen Berufspflichten in der Westfälischen Drahtindustrie nachzukommen. Das Wochenende verbrachte er regelmäßig bei seiner Familie in Westig. «Bezeichnend für den Lebensstil der damaligen Jahre ist es, daß Hermann Hobrecker sich 1889 im Park seiner Villa eine eigene Kegelbahn anlegen ließ und daß er sechs Jahre später neben dem bereits vorhandenen Gewächshaus eigens noch einen zwei Stock hohen Raum zur Aufzucht von Lorbeerbäumen baute.»[4] – Um die Mitte der 90er Jahre verlegten die Hobreckers ihren Wohnsitz nach Wiesbaden. Dort starb Hermann Hobrecker am 20. 4. 1917. Seine Frau starb am 22. 8. 1920 in Iserlohn. Ihrem Andenken widmete der Sohn vier Jahre später sein Werk «Alte vergessene Kinderbücher».

Stationen eines Lebensweges und eine «Jugendbuchsammlung, die rasch Lebenszweck wurde»

Beim Erscheinen von Hobreckers Buch schrieb Professor F. H. Ehmcke, der Speckter-Biograph, im «Hannoverschen Courier» eine ausführliche Würdigung, aus der wenige Sätze, den Autor und den Verlag betreffend, wiedergegeben werden sollen: «Karl Hobrecker hat sich seit Jahren mit dem Sammeln von Kinderbüchern befaßt, und wer das Vergnügen hatte, von ihm in die Geheimnisse seiner Sammlung eingeführt zu werden, der wird überzeugt davon sein, daß hier eine notwendige Arbeit von einem Berufenen geleistet worden ist. Trotzdem überrascht es doch, wie gut diese Arbeit geleistet wurde [. . .] Der Mauritius-Verlag in Berlin hat mit der Herausgabe dieses Buches und mit der musterhaften Art, wie er es herausgab, ein nachahmenswertes Beispiel geschaffen.»[5] Dabei deuteten der Lebens- und Berufsweg des 48jährigen Autors zunächst keinesfalls auf die Bibliophilie und eine jugendliterarische Tätigkeit

Empfehlenswerte Weihnachtsbücher

welche bei

Carl Treumann, Buchhändler in Iserlohn

sowohl neu, als auch zu einem Teil antiquarisch und dann mit herabgesetzten Preisen zu haben sind

Karl Blumauer, Die kleinen Enkel am Knie des erzählenden Großvaters. Zweite, nunmehr reich vermehrte und verbesserte Auflage. Nebst 17 zu ebenso vielen Erzählungen passenden illum. Kupfern in Steindruck. Sauber und dauerhaft gebunden. Preis 12 gr.

Achtundsechszig kleine Erzählungen sind einfach und faßlich vorgetragen, und jede enthält am Schlusse ein Denkverschen, das die Moral daraus concentrirt. Die Erzählungen aber sind unterhaltend, abwechselnd, und Verhältnisse berührend, welche nicht über die Fassungskraft jener Jahre hinausreichen, und im Allgemeinen völlig der Absicht der Wiedererzählung an kleinere Kinder angeeignet. Die 41 herrlichen kleinen Gedichte und Gebete werden Kinder sehr gern auswendig lernen.

Das Hüttchen im Walde oder die glücklichen Erzählungsabende zu Seligendorf. Von F. Weingart, Herausgeber der Literarischen Zeitung für Deutschlands gehobene Volksschullehrer. Ein Geschenk für gute Kinder von 8–12 Jahren. Mit 14 fein illum. Kupfern. Sauber und dauerhaft in Pappe gebunden. Preis 1 Thlr.

Dies reizvolle Büchlein dient den schon etwas mehr herangewachsenen Kindern zur Belehrung und Lust, und knüpft an wechselnde Geisteespiele in 40 Erzählungen An- und Aussichten vom Ritterleben der Vorzeit etc. zu stets erneuertem Genuß. Zweckmäßige Gedichte coloriren und verschönen anmuthig das Ganze.

Kinderreisen, oder des wißbegierigen Willibalds Durchzüge merkwürdiger Länder und Völker der Welt, auf seiner Stube gemacht und an das Licht gezogen von Karl Grumbach. 2te Folge, als für sich betrachtet. Mit 12 illum. Darstellungen. Preis gebd. 18 gr.

Lang, C., Der Kleine mit dem Guckkasten, oder schöne Raritäten für Knaben und Mädchen, welche sich in der Welt umsehen und erfahren wollen, wie solche außerhalb der lieben Heimath beschaffen sey. Mit 10 in Kupfer gestochenen Ansichten merkwürdiger Städte, Berge, Seen u. s. w. 8°, 1 Rthlr. 8 gr.

Ein kleiner brauner Savoyarde, der auf dem Titelkupfer zu sehen ist, belustigt die liebe Jugend mit seinen Raritäten. Das Mangelhafte seiner Erklärung ergänzt der Vater seinen in Beschauen versunknen Kindern, und so wird auch hier Vergnügen mit Nutzen verwebt.

Lorenz Krafft's Lehrreiche Briefsammlung für die Jugend. Ein Beitrag zur Bildung des edlen Geistes und Herzens sowie des Geschmacks der Jugend beiderlei Geschlechts. Sauber und dauerhaft gebd. Preis 12 gr.

Das Ganze besteht aus 4 Abtheilungen, von denen die erste Briefe aus dem Familienleben und über dasselbe, die 2te Briefe aus der Schule und über dieselbe, die dritte Briefe, Naturgegenstände betreffend, die vierte gemischte Briefe enthält.

Baumgarten, J. C. F., Morgen- und Abendbetrachtungen eines gesitteten Lebenswandels auf alle Tage im Jahr, für die Jugend zur angenehmen Beförderung früher Religiosität und Sittlichkeit. Mit Vorrede von D. J. G. Rosenmüller. 2 Bände gr. 8°, jeder von 360 Seiten. Geheftet $2\frac{1}{3}$ Thlr.

Nachdem der würdige Rosenmüller, dessen wohlgetroffenes Bildnis dieses ansehnliche Werk ziert, zu seinem Lobe in der Einleitung das Gehörige gesagt, dürfte es wohl überflüßig seyn, noch viel Worte darüber zu verlieren. Nahe und ferne Gegenstände, die alle zu frommen Betrachtungen den Anlaß geben, wechseln in mannigfaltiger Reihenfolge ab, ohne weder durch Einförmigkeit zu ermüden, noch durch Unverständlichkeit Überdruß zu erwecken, und machen das Werk zu einem der besten Hülfsmittel, Kinder täglich über die wichtigsten Gegenstände der Moral zu unterhalten und zu belehren.

Die Gefahren des Tanzes, dargestellt in einigen Erzählungen und der Jugend zur Beherzigung und Warnung gewidmet von einem ihrer Freunde.

Der in edler Selbstverläugnung ungenannte Verfasser ist hier bemüht, der nur allzuleicht dem Flattersinne hingegebenen Jugend einen warnenden Spiegel vor Augen zu halten. Statt des überflüssigen Lobes teilen wir aus dem Inhalt einige der am meisten durch Treue der Erzählung ergreifende Kapitel mit: I. Die Stimme der gefallenen Unschuld auf dem Sterbebette. Ein Gedicht in 86 achtpaarigen Strophen. IV Der erste Schritt. Eine Betrachtung nebst beigefügter Erzählung. V. Noch einiges über den Tanz, aus lateinischen Schriftstellern. Preis schön cart. 25 gr.

Das girrende Täublein, oder gebundene Seufzer eines sehnsüchtigen Herzens. Preis 15 gr.

Riedhofer, K. A., Beispiele aus dem Leben des heiligen Gottes mit sittlichen Anwendungen zur Belehrung über die Wunderkraft, Nothwendigkeit und den Gebrauch der göttlichen Gnade. Ein Christenlehr- und Prüfungsgeschenk. 8°. 27 gr.

Riedhofer, K. A., Ehrenbund der Jünglinge und Jungfrauen in Kirschenthal. Eine Erzählung zur Belehrung über den hohen Wert der keuschen Jünglingschaft u. d. jungfräulichen Ehre, nebst Anweisungen, diese aufrecht und unversehrt zu erhalten. Ein Christenlehr- und Prüfungsgeschenk. 12. 8 gr.

Bücher wie diese 4 obengenannten kann man der heute so leichtlebigen Jugend nicht dringlich genug an das Herz legen.

Buchhändleranzeige aus dem Beginn des 19 Jahrhunderts

hin. Aufschlußreich ist eine autobiographische Darstellung, von Karl Hobrecker (um 1933) für die Familienchronik verfaßt: «Geboren am 25. Dezember 1876 zu Westig bei Iserlohn, in einer der schönsten Gegenden Westfalens, wuchs ich als Landkind in großer Ungebundenheit auf, die nur durch wenige Privatstunden beeinträchtigt wurde. Auch mein um vier Jahre älterer Bruder Paul besuchte nicht die Elementarschule, weil der älteste, Hermann, von da aus die Diphteritis ins Haus gebracht hatte. Er starb daran, während wir jüngeren Geschwister in schwerer Lebensgefahr waren. Sonst bin ich in den Kinderjahren nicht viel krank gewesen. 1886 kam ich auf die Sexta des Realgymnasiums zu Iserlohn und legte den Bildungsweg dieser sehr guten Schule mit Durchschnittsbegabung in der vorgeschriebenen Zeit zurück. Dem Bruder gegenüber, der stets Primus war, hatte ich einen schweren Stand, ich lebte aber mit ihm in bester Eintracht und brachte es auch zu einem leidlich guten Abgangszeugnis (Abiturium 1895). Wir wurden nicht besonders streng, aber ohne Verwöhnung erzogen. Reisen mit den Eltern an den Rhein, zum Schwarzwald, nach Tirol, der Schweiz, Kiel, Thüringen und so weiter, waren stets Höhepunkte des Jahres. Zu Hause blieb es aber immer am schönsten, und der Wegzug aus der Heimat wurde nie überwunden.

1895 begann ich, nach langgehegtem Wunsche, mit dem Studium der Chemie, anfangs in Lausanne, später in Göttingen fleißig arbeitend. Die Promotion wurde durch eine Phosphorvergiftung unterbrochen. Ein Versuch, sie in Freiburg nachzuholen, scheiterte an meiner Ungeduld, bei lebhaftem Tätigkeitsdrang und vielseitigen Interessen einen praktischen Beruf auszuüben. Dienstjahr und Offiziersübungen beim Dragoner-Regiment Nr. 6 in Diedenhofen, 1896. Ich war gern ein guter Soldat. Aus Gesundheitsrücksichten die spätere Tätigkeit im Laboratorium aufgebend, ging ich 1904 zur Photochemie über. Ausbildung in der Versuchsanstalt Klimsch in Frankfurt am Main. Von dort aus wurde ich als Assistent zur Kgl. Technischen Hochschule in Berlin-Charlottenburg berufen, wo ich selbständig Unterricht in verschiedenen Reproduktionsverfahren erteilte. Meine Verlobung mit Margarete Liebrecht, die in Westfalen geboren, jetzt in Berlin wohnte, ließ den Eltern eine kaufmännische Lebensstellung für mich wünschenswert erscheinen, zu der ich jedoch gar keine Neigung hatte. Unternehmungen in Frankfurt und Berlin bei Fabriken photographischer Papiere zeitigten daher keine brauchbaren Ergebnisse. Die im Elternhause sehr gepflegte Liebe zur Natur und allem Schönen stand im Vordergrund und wurde bei mangelnder künstlerischer Begabung auf andere Weise zu entwickeln versucht.

Am 17. Mai 1906 heiratete ich Klara Margareta Friederika Julia Liebrecht, geb. Wickede 7. Mai 1875, Tochter des Guts- und Fabrikbesitzers August Ludwig Liebrecht und seiner Gattin Klara Maria geb. Ebbinghaus. Unsere Ehe blieb kinderlos. Nach der Heirat wurde ich zunächst in der Zellulosefabrik in Hannoversch-Münden untergebracht. Von da aber ging ich bald wieder nach Charlottenburg und erhielt dort im bisherigen Beruf eine Lehrstelle an der Militärtechnischen Akademie.

Bei diesem zweiten, dauernden Aufenthalt in Berlin begann nun die Anlage einer Jugendbuchsammlung, die rasch Lebenszweck wurde. Sie führte vom akademischen Berufe auf das literarische Gebiet. Es entstanden Bibliographien und wissenschaftliche Aufsätze über das noch wenig beachtete Gebiet, auch unterhaltende Arbeiten in Vers und Prosa für Zeitschriften und Verlage. Die Idee, sich der Jugendbuchsammlung, einem immer noch nicht allgemein gewürdigten Arbeitsfelde mit ernster, nicht dilettantischer Hingabe zuzuwenden, war wohl der eigenen Veranlagung und inneren Berufung zu danken. Einer mußte es doch sein, der sich dieser ganz nebensächlich behandelten Dinge annahm und sie vor dem Untergange rettete. Die Sammler illustrierter Bücher suchten wohl bibliophile Werke mit Holzschnitten Ludwig Richters z. B., aber nicht, weil es Kinderbücher waren, sondern als Teile von des Künstlers Gesamtschaffen. Aus den nicht künstlerisch abgestempelten Verfassern und Zeichnern ohne große Namen machte sich niemand etwas. Deshalb waren sie billig zu kaufen und doch in ihrer volkstümlichen Art besonders wesentlich. Meine Frau und ich sahen nicht nach dem Preis, sondern nach dem tieferen Gehalt dieser Dinge und hatten den Mut, unseren persönlichen Geschmack durchzusetzen, entgegen mancher Verspottung. Das Ziel wurde rasch erkannt und mit westfälischer Zähigkeit zu erreichen versucht. Es ging nun nicht zu den Antiquaren allein, wo verhältnismäßig wenig Brauchbares gefunden wurde, sondern auf die Lagerböden und in die Keller der alten Berliner Sortimentsbuchhandlungen oder Verlage. Hier wurde oft für ein Trinkgeld an den Hausdiener ausgeräumt, oder die Verkäufer machten Groschenpreise für die veralteten Ladenhüter, die keinen Käufer mehr fanden. Im einzelnen stellten sie auch keinen erheblichen Handelswert dar, erst die systematische, sachkundige Auswahl hob die Gesamtheit. So wurde die auch im Ausland unter dem Namen ‹Hobrecker-Sammlung› bekannte Jugendbücherei in wenigen Jahren auf ansehnliche Höhe gebracht und mit den gewonnenen Erfahrungen überragend ausgebaut. Sie wuchs zum bedeutendsten Werke ihrer Art und blieb zugleich die einzige Stelle, an der gründlichste wissenschaftliche Forschung betrieben wird.

Der Weltkrieg unterbrach diese Tätigkeit nicht, ich konnte ihn wegen des mich damals noch stark beeinträchtigenden Leidens nicht mitmachen. Besserung erfolgte erst nach dem 50. Lebensjahre. Während des Krieges, zur Zeit der Papierknappheit, wurden Wagenladungen der bereits durchsuchten Sortimentslager eingestampft und noch manches davon gerettet. In der Inflation stark um den Verkauf der Sammlungen gedrängt, wiesen wir standhaft die damals günstigen Dollarangebote ab, um alles dem Vaterlande zu erhalten, wenn auch unter großen Entbehrungen. Die Sammlung trug sich dann selbst durch die aus ihr entstehenden Veröffentlichungen, sie ermöglichte uns sogar den Lebensunterhalt. Aber sie mußte der Allgemeinheit nutzbar gemacht und ihr Bestand für die Zukunft gesichert werden. Das Bestreben, alle gewonnene Kenntnis auf dem Gebiet auch anderen zu übertragen, durch eine Verstaatlichung des Ganzen, blieb lange erfolglos [. . .] In zähem Festhalten an dem großen und neuartigen Gedanken gelang seine Verwirklichung erst mit der Nationalen Erhebung 1933. In diesem Jahre konnte die Reichsjugendbücherei gegründet werden, die nun der Reichsjugendführung angegliedert ist und möglichst zum Museum umgestaltet werden soll.»[6]

Dieses «Jugendmuseum» wurde am 17. 8. 1933 in Berlin NW 40, Kronprinzenufer 10, eingerichtet. Karl Hobrecker übernahm als Kurator die Leitung der Reichsjugendbücherei.

Der «Garten der Unschuld» am Lietzensee

Da Hobrecker seine Biographie im Zeitraffer aufzeichnete und die Entwicklung seiner Kinderbuchsammlung nur andeutungsweise Erwähnung findet, scheint es geboten, in einer Rückblende noch einige bedeutsame Lebensstationen aus den Jahren zwischen 1906 und 1933 nachzutragen.

Bald nach seiner Vermählung (1906) hatte Karl Hobrecker, verständnisvoll unterstützt durch seine Frau, mit dem Sammeln alter Kinderbücher begonnen. Ein Bekannter, Buchhändler und gleichfalls Sammler, berichtet: «Hobrecker war damals im deutschen Raum der einzige Kenner; er las fast jedes Buch. Er hatte ein hervorragendes Gedächtnis und wußte aus dem Kopf, welches Kinderbuch unter Berücksichtigung eines besonderen Themas in Frage kam. Dazu war er sehr fleißig. Seiner

Das Ehepaar Hobrecker

Frau hatte er viel zu verdanken, da sie ihm viele organisatorische Arbeiten abnahm. Er lebte sehr bescheiden und steckte sein Einkommen hauptsächlich in die Sammlung. Er war ein stiller, ernster Mann. Die Unterhaltungen kreisten fast immer nur um unsere gemeinsame Arbeit, und er hatte auch kaum etwas anderes im Sinn. Bei seinen Bekannten galt der Sammler von Kinderbüchern der Vergangenheit weithin als Sonderling. Das war damals in den 20er Jahren nun einmal so. Aber er ließ sich nicht beirren.»[7]

Wie ernst es diesem Einzelgänger am Lietzensee-Ufer 2 in Berlin-Charlottenburg mit seiner Tätigkeit war und welche Perspektiven sich ihm über das bloße Sammeln hinaus eröffneten, lassen Textstellen in seinen frühen bibliographischen Arbeiten erkennen. So schreibt er in der Hosemann-Bibliographie (1920): «Meinen Beobachtungen nach gibt es mehr Sammler, welche kaufen, als solche, die auch forschen und die Forschungen anderer zu fördern geneigt sind. Mir erscheint das Arbeiten und Studieren an Hand einer eigenen oder auch fremden gut gepflegten Sammlung als des Sammlers eigentlicher Beruf, ich habe immer mehr Buchtitel als Bücher nach Hause getragen.»[8] Im gleichen Sinn äußert er sich in der Richter-Bibliographie (1922): «Sammeln heißt nicht nur einkaufen, aufspeichern, und sich des Besitzes freuen – es bedeutet vielmehr aufbauen, forschen, ans Licht bringen, was bei der Beschäftigung mit dem Erworbenen entdeckt wurde. Es heißt, sich in das Gesammelte vertiefen, und andere daran teilnehmen lassen.»[9] In getreuer Erfüllung dieses Vorsatzes sollte – nach dem Frühwerk «Alte vergessene Kinderbücher» – im Lauf der Jahre noch eine beachtliche Anzahl publizistischer Arbeiten «ans Licht» gebracht werden.

Die Kinderbuchsammlung in der Inflationszeit durchzuhalten und gar noch weiter auszubauen, war kein leichtes Unterfangen. Doch Karl Hobrecker hielt durch! Und daß seine Frau dabei durchaus keine Nebenrolle spielte, verraten in der Sammlung die Eigner-Zeichen, von denen «fünf verschiedene Exlibris von ‹Karl und Marg. H.›, ‹Gritli H.›, oder ‹Margarete H.› » bekannt sind.[10] – Bestätigung und Zuspruch erfuhr das Ehepaar durch die positive Aufnahme, die das Buch «Alte vergessene Kinderbücher» bei Lesern und in der Presse fand. So urteilte z. B. die Familienzeitschrift «Daheim»: «Textlich ist das Buch ein kulturwissenschaftliches Dokument 1. Ranges.» Eine «Rundfrage», die Karl Hobrecker 1932 in der «Zeitschrift für Bücherfreunde» startete, läßt die Annahme berechtigt erscheinen, daß die erste Auflage des Werkes bereits gegen Ende der 20er Jahre vergriffen war: «Häufig und ernstlich um eine zweite Auflage des längst vergriffenen Werkchens ‹Alte vergessene Kinderbücher› bedrängt, möchte ich zunächst wenigstens mitteilen, daß ein Erneuern des Buches zwar beabsichtigt ist und die Vorarbeiten dazu auch im Gange sind, aber der endgültige Entscheid über die äußere Form schwer erscheint. Der Mauritius-Verlag wünscht beträchtlich größeres Format als bisher, Quart in Lexikondicke, mit zahlreichen Beilagen, deren farbige und sogar bis zur Beweglichkeit gesteigerte Wiedergabe natürlich stark auf den Preis wirken müßte. Dem Verfasser dagegen wäre eine möglichst preiswerte Ausgabe in derselben, allenfalls zu zwei Bänden erweiterten handlichen Form wie früher, lieber; oder eine einbändige Ergänzung der 1. Auflage mit neuen Überraschungen an Bild und Text. Deshalb soll hier der Versuch gemacht werden, die Leser um unmittelbare Äußerungen über diese Fragen zu bitten, damit Verleger wie Autor den verschiedenen Wünschen gerecht werden können. Allen, die sich an dem Büchelein gefreut haben, und es auch sagten, wiederholten Dank!»[11] So war man im Haus Hobrecker voller Zuversicht; denn noch galt, trotz dieser oder jener Widrigkeit, der Leitspruch aus dem Vorwort des «Bücheleins»:

«Verstehst du, dich kindlich am Kleinen zu freu'n,
Wird täglich und stündlich dein Glück sich erneu'n!»

Ein Zeitungsartikel aus demselben Jahr überliefert eine farbige und atmosphärisch angereicherte Beschreibung des Hauses Hobrecker mit seiner Kinderbuchsammlung unter dem Titel «Der ‹Garten der Unschuld› am Lietzensee» und mit dem Untertitel «Die größte Kinderbüchersammlung der Welt gehört einem Charlottenburger». Wir sind eingeladen, diesen geheimnisvollen Garten zu besuchen:

«Unter den vielen grau und blau plätschernden Seen der Stadt der tausend Wunder, Berlin, liegt in Charlottenburg der Lietzensee. An dessen Ufer aber, hinter gebückten Bäumen und Wipfeln, liegt unbekannt den meisten Berlinern ein ‹kleiner Tempel der Menschenliebe› mitten drin in einem schwarz erstarrten Mietshaus, hoch oben im vierten Stock.

Es lebt und arbeitet hier seit vielen Jahren in seinem selbsterschaffenen – so möchte man sagen – ‹Garten der Unschuld› der Privatgelehrte Hobrecker.

Der kleine, spitzbärtige, jetzt 56 Jahre zählende Mann hat in 25jähriger Arbeit nicht weniger als 11 000 Kinderbücher hier nämlich gesammelt und so die größte Welt-Bibliothek dieser Art geschaffen.

Karl Hobrecker und auch seine Frau haben sich ein Vierteljahrhundert lang sehr schinden müssen, um die anerkannt schönste und größte Kinderbuchsammlung der Erde beisammen zu bekommen. Keller und

Böden der Buchhändler und natürlich auch der Antiquariate, Freunde in Japan, Amerika, Rußland, Frankreich und China, alle und alles diente dazu, um mit den kleinen, geringen Mitteln, die das Gelehrtenpaar über hatte, in Sachkenntnis und Geschmack diesen Büchergarten kindlicher Unschuld zu schaffen.

Kommt man hinauf zum vierten Stock und tritt durch einen kleinen Vorplatz hinein in die in Fachkreisen freilich längst weltberühmte Sammlung Hobrecker, so schreit einen natürlich sogleich der wohlgeordnete Tumult der Tausende von Kinderbüchern an.

Bis hinauf zur Decke und hinunter zum Erdboden stehen wohlabgerichtet nach historischen Gesichtspunkten, dutzendfach verteilt über Schränke, Bretter und Regale die Kompagnien der Kinderbücher. Unter den 11 000, die in langen und stets doppelten Reihen sich an Wänden und Schränken unaufhörlich aneinanderketten, fehlt keins, das nur irgendwie Anspruch auf Bedeutung und Charakter hätte [. . .].»

Unter den Zwischenüberschriften «100mal Struwwelpeter», «Menzel als Kinderbuchillustrator», «Kochbuch für Puppen», «Wedekind und Grosz in der Kinderbücherei» wird dann dem Besucher der Büchergarten mit seinen Beeten und Anlagen näher erläutert. Der Abschluß des Artikels wirkt wie ein Menetekel, denn der Verfasser sieht über dem «Garten der Unschuld» ein Unwetter aufziehen:

«Unser Zeitalter, dessen einziger fester Wert nur der zu sein scheint, daß es fast ausnahmslos alle, aber auch alle enteignet hat, brachte auch den Besitzer dieser einzigartigen Weltsammlung in materielle Schwierigkeiten. Um aber nicht ganz in den Strudeln der Fieberepoche unterzugehen, wandte sich der Gelehrte an die verschiedensten Stellen der Reichshauptstadt, um ihnen seine Sammlung zu vermachen. Dafür sollte man ihn bis an sein Lebensende als Kustos dieser Sammlung beschäftigen. Aber wo er auch in Berlin anpochte, stets hatte man nur hochsinnige Worte, aber nie die Tat zur Hand. Nicht aus Berlin, Deutschlands Präsidenz, kam schließlich Hilfe, sondern aus der ‹Provinzstadt› Mainz.

Hoch oben über dieser Stadt Gutenbergs liegt eine Anhöhe, die schon seit zwei Jahrtausenden historische Rolle spielt. Erinnert heute noch dort der Drusussturm an Roms Imperium, das hier einen wichtigen Stützpunkt hatte, und die verfallene und gesprengte Zitadelle an die Militärkraft des Wilhelminischen Reiches, so findet sich jetzt an dieser Stelle das Institut für Völkerpädagogik, eine Schöpfung des fränkischen Dichters Weismantel und des Frankfurter Lehrers Fronemann.

Das wird die künftige Heimat der 11 000 Charlottenburger Kinderbücher und Hobreckers sein. Statt einer Zitadelle – ein Pädagogium, statt Waffen – Kinderbücher – die einen werden's loben, die anderen darüber lachen.

Aber wie dem auch sei. Wir in Charlottenburg und Berlin haben nur mit Schamgefühl die Tatsache festzustellen, daß man in beinahe aufreizender Gleichgültigkeit es fertiggebracht hat, sich eine einzige und unvergleichliche Weltsammlung wohl für immer entgehen zu lassen.»[12]

Der Wechsel von Berlin nach Mainz muß spruchreif gewesen sein; denn auch «Philobiblon» kündigte ihn in Heft 10/1932 als nahezu beschlossene Tatsache an: «Karl Hobreckers Sammlung von rund 12 000 Kinderbüchern und Jugendschriften aus dem 14.–19. Jahrhundert soll dem Institut für Völkerpädagogik in Mainz unter gewissen Bedingungen übergeben werden.»[13] Das war m. a. W. die bevorstehende Verwirklichung einer Forderung, die Leo Weismantel in einem theoretischen Vorentwurf 1931 erhoben hatte: «Was die deutsche Jugendbuchforschung benötigt, ist eine Zentralstelle, welche die Jugendbücher der Gegenwart und Vergangenheit nicht nur sammelt, sondern sie als pädagogisches Forschungsobjekt bereitstellt und nimmt mit einer Wissenschaft, die nicht um der Wissenschaft willen, sondern um der Jugend und ihrer Tagesnot willen sich müht.»[14] – Wilhelm Fronemann hatte im Herbst 1932 die organisatorischen Voraussetzungen geschaffen und «im Mainzer Institut für Völkerpädagogik seine Abteilung ‹Das Jugendbuch der Völker› durch eine Tagung vor deutschen und ausländischen Mitarbeitern eröffnen»[15] können. – Doch zu einer Übersiedlung der Sammlung Hobrecker nach Mainz und zu dem Dreibund Hobrecker – Fronemann – Weismantel sollte es nicht kommen. Mit der Machtergreifung durch den Nationalsozialismus waren die Mainzer Pläne erledigt.

1933 machte Karl Hobrecker seine «Jugendbuchsammlung der Hitlerjugend zum Geschenk».[16] Vermutlich erhoffte er sich von der Übereignung «günstigere Bedingungen für die Erhaltung, den Ausbau und die katalogmäßige Erschließung der Sammlung».[17] Die in mehr als 25 Jahren von Karl und Margarete Hobrecker zusammengetragenen 12 000 Bände wurden Grundbestand einer neu begründeten Reichsjugendbücherei.

«Ein Gedanke von großer Tragweite – die bedeutendste Jugendbuchsammlung der Welt»

Der Kurator der «Reichsjugendbibliothek» war engagiert bemüht, in der Öffentlichkeit für die «großzügige Neuschöpfung» Aufmerksamkeit und Unterstützung zu finden. Noch im Gründungsjahr 1933 wandte er sich mit einem Beitrag über «Die neue Reichsjugendbücherei» an die junge Generation,[18] den das «Börsenblatt für den Deutschen Buchhandel» nachdruckte. Hier der Text:

«Karl Hobrecker hat kürzlich die von ihm gegründete große Jugendbuchsammlung der Hitlerjugend zum Geschenk gemacht. Er übergibt uns die nachstehenden Ausführungen.

GRUNDSÄTZLICHES

Am 17. August 1933 hat die Reichsjugendführung einen Gedanken von großer Tragweite zur Ausführung gebracht: die bedeutendste Jugendbuchsammlung der Welt, die einzige, die in gleicher Vollständigkeit nach literatur- und kulturwissenschaftlichen Grundsätzen eingerichtet ist, in ihre Obhut zu nehmen. Damit wurde der Bestand und die Fortführung eines Unternehmens gesichert, dessen volle Bedeutung man heute noch gar nicht übersehen kann.

Durch weiteren Ausbau, durch sein tätiges Wirken wird sich das Ganze so gestalten lassen, daß es seine Weltgeltung durchsetzen muß, sobald erst die Wesentlichkeit der Jugendliteraturgeschichte völlig ausreichend erkannt und sie mit entsprechendem Ernst behandelt wird. Diesem Zweck soll das neu gegründete Institut in erster Linie zielsicher und aufs lebhafteste dienen.

Begründet wurde das in seiner Art von keiner anderen Stelle erreichte Werk aus der Erkenntnis heraus, daß niemand sich um die schlichten, volkstümlichen Werte bekümmerte, die im einfachen Kinderbuche liegen und die Kultur ihrer Entstehungszeit mit größter Treue widerspiegeln. Sie waren in Gefahr, gänzlich unterzugehen, denn es gab keine Kinderbuchsammler im eigentlichen Sinne. Die Bibliophilen würdigten im Jugendbuch nur große Illustrationskunst. Namen wie Ludwig Richter, Schwind, Menzel und andere Größen wurden auch hier wohl beachtet, aber nicht ihrem kindlichen Standpunkt zuliebe. Erst später erstanden auch kindlicher denkende Sammler, meist dem zarten Geschlecht angehörend, die sich jedoch nur an den Äußerlichkeiten, namentlich der aus Biedermeiers jungen Tagen stammenden Werkchen erfreuten, ohne irgendwelche Gedanken um deren Geschichte oder textlichen Inhalt aufkommen zu lassen. Sie folgten nachahmend der Entdeckung, daß diese Dinge ihren Reiz haben, mit unzureichendem Verständnis, nachdem die Wege dazu aufgezeigt waren.

Aus kleinen Anfängen entwickelte sich die Idee, auch die unbefangen-schlichten Erzeugnisse für die Kinderstube zu beachten, durch die Gründer des jetzigen Jugendmuseums schon vor einem Vierteljahrhundert. Sie erhielt sich, rasch wachsend und nur durch eigene Forschung gefördert, während der Entbehrungen der Kriegs- und Inflationsjahre; und seit einem vollen Jahrzehnt, sobald die Sammlung ihre überragende Höhe erreicht hatte, war es der Wunsch ihrer Besitzer, sie dem Staat zur Verfügung zu stellen. Nur dann konnte sie der Allgemeinheit in rechter Weise nutzbar werden.

Exlibris mit Hobreckers Unterschrift

Die Versuche dazu blieben erfolglos. Weder Ausstellungen noch viele Veröffentlichungen im Dienst dieser Pläne führten zum Ziele. Erst das neue Reich begriff, daß ein so sorgfältig aufgebautes schöpferisches Lebenswerk in seiner Eigenart für kommende Geschlechter erhalten werden muß. Seit dem Frühjahr 1933 gewannen die neuen Gedanken stetig an Boden, bis schließlich die gewünschte Verwirklichung durch den Reichsjugendführer ermöglicht wurde. In dem schönen Haus am Kronprinzenufer, vor dem die Fahne der Hitlerjugend leuchtet, hat nun die in Fachkreisen schon sehr bekannte Sammlung Aufnahme gefunden.

Bestände

Begonnen zu einer für ihre Ziele noch ergiebigeren Zeit, enthält sie alle Originaldrucke der deutschen Jugendklassiker, die wichtigsten in allen nur erreichbaren verschiedenen Ausgaben. Es ist gerade bei ihnen besonders reizvoll, den Wandlungen ihrer Erscheinungsform durch den Lauf der Jahrzehnte oder gar Jahrhunderte zu folgen: ein Robinson von 1779 und der gleiche Jugendliebling aus unseren Tagen scheinen trotz der Textähnlichkeit äußerlich nichts Gemeinsam-Seelenverwandtes zu haben. Aber doch läßt sich von Auflage zu Auflage erkennen, wie sich ursprüngliche Bescheidenheit der Ausstattung zu bedeutendster Höhe entwickelt, wie sich der Zeitgeschmack durch Gipfelleistungen und Niederungen in stetem Auf und Ab bewegt – ein anschauliches Bild, das zahlreiche Beispiele heiterster Wesensart angenehm beleben!

Nach solchen Gesichtspunkten ist die Reichsjugendbibliothek bis ins kleinste organisiert. Sie umfaßt namentlich die illustrierten deutschen Kinderbücher in einer überwältigenden Fülle und in einer ganz außergewöhnlichen Frische der Erhaltung, worauf besonderer Wert gelegt wurde. Doch nicht im Betonen dieser leicht ins Auge fallenden äußeren Schönheit liegt ihre Stärke, sondern im Durchdringen der inneren Eigenschaften alles Vorhandenen.

Ganz bewußt erhielten gerade die Dinge einen guten Platz, die dem unverbildeten Volksempfinden entsprechen, ohne durch große Namen kunstgeschichtlich abgestempelt zu sein. Als die Sammlung entstand, wurde diese Richtung von klugen Leuten belächelt, um später nachgeahmt zu werden! Allerdings mißverständlich von der rein äußerlichen Seite her, und darum ging's doch wirklich nicht. Oberflächlichkeit schafft keine bleibenden Werte.

Nur ernste, vertiefte Arbeit konnte Ergebnisse zeitigen, wie sie heute nicht entfernt mehr zu erreichen wären. Daß die Werke Hosemanns, Ludwig Richters, Speckters und des Grafen Pocci reichlich vorhanden sind, ist eine Selbstverständlichkeit. Aber die Bewahrung damals ungeachteter Dinge, die sich vor fünfundzwanzig Jahren noch keines großen Rufes, keiner Nachfrage erfreuten, ist nicht selbstverständlich. Ihre Wertbeständigkeit mußte erst entdeckt und gewürdigt werden. Es wird sich jetzt vor der Öffentlichkeit zu erweisen haben, wie bedeutungsvoll diese im besten Sinne kindertümlichen Dinge sind, und wie gut wir tun, uns nach ihnen zu richten.

Den Dichtern und Zeichnern von schlichter, und deshalb im Kinderland heimischer Art wird das Museum die ihnen gebührende Beachtung zu verschaffen wissen. Dafür sorgen die umfangreichen Abteilungen der ABC-Bücher, der Anschauungswerke, die Fabel- und Reineke-Fuchs-Schränke, die Struwwelpeterei (in allen dreihundert Nummern), das Material an Kinderliedern, Märchen, Sagen, der geschichtlichen und abenteuerlichen Erzählungen, der Zeitschriften, Kalender, Mal- und Beschäftigungsvorlagen. Von allem wurde die beste Auswahl getroffen, und nichts ist vergessen: Puppentheater, Puppen-Kochbücher, Anstandslehren, Backfischliteratur (in Abschreckungsbeispielen), Gedächtniskunst, Biblische Geschichten, Kaspar Hauser, Bilderbogen und Verwandtes – das sind einige weitere Rubrizierungen, die hier nur beispielsweise genannt werden. Von der mustergültigen Einrichtung dieser Sonderordnungen gibt die bloße Überschrift allerdings keinen Begriff. Sogar die Werbeschriften, die Reklamesachen für die Jugend, das Allervergänglichste, fehlen nicht, und ebensowenig ein großer wissenschaftlicher Handapparat wertvoller Werke wie schwer erhältlicher Aufsätze über das ganze Gebiet einschließlich des Spielzeugs. Auch Autographen und Originale namhafter Dichter und Künstler sind da aus der Früh- und Jetztzeit. Insgesamt wartet ein Bestand von etwa 12 000 Stücken aus fünf Jahrhunderten darauf, sich erstaunten Besuchern des Museums zu zeigen, das sehr aktiv zu werden verspricht.

Aktiv, d. h. lebendig, denn eine Sammlung soll die Wesensart ihrer Bestände nicht nur selbst aufs genaueste erkennen, sondern diese Erkenntnis auch auf andere übertragen. Nur dann erfüllt sie einen nutzbringenden Zweck. Was im allgemeinen von der Geschichte unserer Jugendliteratur bekannt ist, genügt nicht, und ebenso unzureichend werden viele andere Dinge gewürdigt, deren Ausgestaltung unsere Voreltern erfreute, als sie noch klein waren. Deshalb ist das illustrierte Kunstgewerbe der Kinderstube ebenfalls in weitestem Maße gesucht und bewahrt worden: nicht nur Spiele, auch Gelegenheitsgraphik verschiedenster Art, die es für die Kleinen so gut gibt wie für die Erwachsenen.

Das alles ist mit sicherem, gutem Geschmack, mit so viel Verständnis für ungesuchteste deutsche Wertarbeit gewählt, daß es jeden entzücken muß. Durch wechselnde Schaustellungen wird es nun der Jugend und ihren Freunden vorgeführt werden. Auch weiterer Forschung soll es dienen, auf einem Gebiet, das in manchen Strecken erst jetzt aus der Verschollenheit auftaucht. Kein anderes Land hat mit ebensolcher Liebe, mit gleicher Vielseitigkeit, für die Beschäftigung seiner Kinder gesorgt. Das erhellt aus den Vergleichen, die mit den ebenfalls vorhandenen ausländischen Werken gezogen werden können. Nicht zuletzt sollen wertvolle, vergessene Texte erneuert werden – ein Verlag dazu ist dem Museum angegliedert. Das gute Beispiel früherer Zeiten wird anregend auf den heutigen Stil in Bild und Wort wirken, echte Kunst neben schlechtester, nämlich der Scheinkunst, erkennen lassen.

An Hand solcher Beispiele soll jung und alt sich wieder zur Einfachheit zurückfinden, nachdem Verstiegenheiten und Übertreibungen ihren verderblichen Einfluß allzulange ausüben konnten. Für die Volkskunst unserer Vorfahren soll sich der Blick wieder öffnen, der deutsche Jugendbücherschrank und seine Umgebung müssen weit mehr als bisher in den Vordergrund rücken. Die Jugend wird sehen, wie sie sich selbst eine Bibliothek schafft und in Sauberkeit erhält; im Umgang mit Büchern wird sich Ordnungssinn und Freude am Kleinen entwickeln. So wird das Werk auf vielerlei Wegen zur Stärkung künstlerisch-einfachen Empfindens beitragen und für deutsche Art werben.

Im festen Vertrauen darauf bitten wir, unsere gute Absicht nach jeder möglichen Richtung zu unterstützen und dadurch der Reichsjugendführung Dank für ihre großzügige Neuschöpfung abzustatten.»[19]

Die Reportage einer Berliner Zeitung beschreibt die Bücherei, bestehend aus einem großen Bibliotheksraum und dem diesem vorgelagerten Repräsentationsraum: «Der Raum neben der Bibliothek ist ein Rundraum mit Oberlicht. Er dient als Ausstellungsraum. Kleine gläserne Vitrinen bergen stille Feinheiten von einst. Auf dem großen runden Tisch unter dem Licht der Deckenfenster liegt gegenwärtig das Neueste für das Kind.»[20] – Als «Archiv für Jugendbuchforschung» sollte die Bibliothek außerdem «Anregung für Künstler und Dichter geben: es werden lebensfrische Texte und Bildwerke erneuert, Neuerscheinungen auf ihre Wertbeständigkeit geprüft, gute Arbeiten nach ihrem Entstehen entsprechend gefördert werden».[21] Da das notwendige Arbeitsinstrumentarium noch fehlte, nahmen zwei Bibliothekarinnen gleich in den ersten Monaten des Bestehens der Bücherei einen «großen Fachkatalog» in Angriff.

In diesem Zusammenhang sei daran erinnert, daß zwei bis heute geschätzte jugendbuchhistorische Publikationen ihr Zustandekommen, wie ihre Verfasser ausdrücklich bekunden, der Büchersammlung am

Kronprinzenufer in Berlin verdanken. 1937 notiert Arthur Rümann im Vorwort von «Alte Deutsche Kinderbücher»: «Das wichtigste Material für die Arbeit [. . .] fand sich in der von Karl Hobrecker geleiteten Reichs-Jugendbücherei in Berlin und bei dem Antiquar Walter Schatzki in Frankfurt am Main. Beiden Herren sei für ihre bereitwillige Hilfe hiemit herzlichst gedankt.»[22] Auch Irene Dyhrenfurth erinnert sich dankbar daran, daß ihr bei den Vorarbeiten zur «Geschichte des deutschen Jugendbuches» im Jahre «1939 noch die vollständige Bibliothek und die reichen Kenntnisse ihres Sammlers (Karl Hobrecker) zur Verfügung standen».[23]

Obgleich das Ausmaß der Arbeit für den Kurator der Reichsjugendbücherei zwangsläufig anwuchs, galt sein besonderes Interesse nach wie vor den «alten vergessenen Kinderbüchern», wie eine briefliche Mitteilung verdeutlicht: «Zur Zeit haben wir den ersten Band des Ihnen sicherlich schon bekannt gewordenen Bertuch'schen Bilderbuches hier, an Tafeln und Text unvollständig. Wir müssen den Betrag von 10,– RM dafür aufbringen, so viel ist es bei der Erhaltung auch wert, wenn man die Bilder einzeln verkaufen will. Bitte teilen Sie uns recht bald mit, ob Sie ebenfalls Tafeln abgesondert erwerben wollen, wenn wir das Buch auseinandernehmen. Für uns kommen nur einige Naturgeschichtliche, Insekten und Säugetiere, in Frage, für etwa 2,– bis 3,– RM. Die Tafel wird etwa 10–20 Pf. kosten, und verfügbar sind noch von allem sehr schöne Sachen: Säugetiere, Vögel, Botanik, Schiffahrt, Erdkunde, Bauwerke, Amphibien usw. Der Band selbst ist unansehnlich. Ehe wir ihn den Läden übergeben, die daraus Lampenschirme und Schreibmappen fabrizieren, möchten wir selbst die Möglichkeit ausnutzen, nach unseren Wünschen das Geeignete auszuwählen.»[24] – Einen Monat später heißt es über «Kinderbuchsammlers Leiden und Freuden» in einem Brief an denselben Adressaten: «Von mir selbst sind etwa an die 80 Aufsätze ausgegangen, besonderen Erfolg haben sie aber nicht gehabt, denn sonst würden die vielen kleineren Sammler sich längst mit ihren Entdeckungen und Wünschen an mich gewendet haben. Aber dazu sind die meisten zu gleichgültig.»[25]

Ist diesen Zeilen Karl Hobreckers Resignation zu entnehmen, zumindest in Andeutung? Die Frage drängt sich auf, exakt beantworten läßt sie sich nicht. Selbst dann nicht, wenn man die folgenden zwei Sätze, aus der Erinnerung an Karl Hobrecker niedergeschrieben, hinzunimmt: «Zuletzt habe ich ihn noch einmal als Kurator der Reichsjugendbücherei gesehen [. . .] Er fühlte sich auf dem Posten sehr unglücklich.»[26] Aus den letzten der 30er Jahre und der Zeit des Zweiten Weltkriegs bis nach

1943 ist nichts über die Reichsjugendbücherei mit der Sammlung Hobrecker und das Schicksal Karl Hobreckers und seiner Frau bekannt.

Am 23. 11. 1943 wurde die Berliner Wohnung der Eheleute Hobrekker zerbombt. Sie fuhren, nur mit 2 Handkoffern ausgerüstet, zunächst zu Verwandten der Frau nach Pommern, mußten aber bald vor der heranrückenden Front weiter nach Mecklenburg fliehen. Schließlich endete Karl und Margarete Hobreckers Irrfahrt in der alten Heimat, in Hemer bei Iserlohn.[27]

Das «Rätselwäglein» und die «Sammlung Hobrecker»

Im Von-der-Becke-Stift, einem Seniorenheim, zu dessen Mitbegründern auch der Vater Karl Hobreckers gehörte, fanden die Flüchtlinge aus dem zerstörten Berlin Aufnahme. Tragischerweise starb Margarete Hobrecker 14 Tage nach der Ankunft des Ehepaares in Iserlohn, am 20. 7. 1946.

Karl Hobrecker lebte zurückgezogen. Nur ein bescheidenes Büchlein erinnert an ihn und seine bitteren Nachkriegsjahre. Um 1948 brachte er, der die «kindlichen und einfachen Dinge liebte», in der Buchhandlung Max Schirmer in Hemer «Das Rätselwäglein» heraus. In einem Karton-Umschlag (16 × 11,5 cm) sind 48 Textseiten eingeheftet. «Das Rätselwäglein» ist «für Jung und Alt mit Volksgut beladen», insgesamt mit 177 Rätseln. Der Herausgeber hat die Rätsel-Fracht mit eigenen Versen auf den Weg gebracht:

«Rätsel gibt's seit ält'sten Tagen:
Schon als unsre Ahnen lagen
Auf den Höhlenbärenhäuten
Klagend über schlechte Zeiten,
Suchten sie sich abzulenken
Von dem allzu ernsten Denken,
Zu erleichtern Kopf und Herz
Durch der Rätselfragen Scherz.
So ist's immerdar geblieben,
Manches wurde aufgeschrieben
Von den altbewährten Späßen,
Doch ist vieles ganz vergessen.
Bücher, die daraus entstanden,
Sind fast gar nicht mehr vorhanden.

Darum soll für Groß und Klein
Hier davon erneuert sein,
Was als Bestes ward erkannt.
Und nun roll hinaus ins Land
Unser Rätselwäglein munter
Berghinauf und talherunter –
Gute Wünsche es begleiten:
Freude mög' es rings bereiten!»

Das vorletzte Rätsel in heimatlicher Mundart ist wie eine Vorahnung:

«Im Freujoahr freu ek di.
Im Sommer keuhl ek di.
Im Hiärwest nähr ek di.
Im Winter wiärm ek di.» (Der Baum)

Jedoch – das Werden und Vergehen im Kreislauf des Jahres sollte Karl Hobrecker nur noch eine kurze Spanne Zeit erleben. Am 22. 6. 1949 beendete das Rätselwäglein seines Lebens die Fahrt. Einen Monat nach Karl Hobreckers Tod am 22. 6. 1949 versicherte ein «früherer Mitarbeiter» aus den Berliner Jahren, der den Verstorbenen «einen väterlichen Freund» nennt, in einem Kondolenzbrief: «Wir – so darf ich wohl verallgemeinernd schreiben – wir hatten Karl gerade in der Zeit der schwersten inneren Auseinandersetzungen so nötig. Er war – nur wenige ausgenommen – unser Gewissen. Nie war er selbstherrlich. Nie hat er seine Stellung ausgenutzt. Nie hat er herrisch verboten. Wo auch nur gute Ansätze, gutes Wollen vorhanden waren, wußte er maßvoll zu tadeln und gleichzeitig anspornend aufzumuntern. Linientreue im Sinne eines Dogmas kannte er nicht.»[28]

Liegt ein tieferer Sinn darin, daß Karl Hobrecker seinem «Rätselwäglein» als erstes Ladegut ein Rätsel über das Rätsel aufpackte:

«Du kennst mich nicht und suchst mich sehr.
Mal bin ich leicht, mal bin ich schwer.
Zum Finden hilft nicht scharfer Blick.
Nur der Verstand und etwas Glück.» (Das Rätsel)

Es ist nicht bekannt, wie Hobrecker die Ungewißheit über den Verbleib seiner Kinderbuchsammlung ertragen hat. Die «bedeutendste Jugendbuchsammlung der Welt» schien «während des letzten Krieges verlorengegangen zu sein». So schrieb Irene Dyhrenfurth noch 1951; sie hatte «trotz vieler Bemühungen nur verschwindend kleine Bruchstücke auffinden können».[29]

Glücklicherweise bestätigten sich die Befürchtungen hinsichtlich eines vollständigen Verlustes der Kinderbuchsammlung nicht. Sie war noch vorhanden, wenn auch verstreut und teilweise in schlechtem Zustand. Im November 1979 gab das Institut für Jugendbuchforschung an der Universität Frankfurt durch eine Pressemitteilung bekannt: «Eine der bedeutendsten historischen Kinderbuchsammlungen, die Privatsammlung Karl Hobreckers (1876–1949), konnte dieser Tage ins Frankfurter Institut für Jugendbuchforschung überführt werden, nachdem sie mit Mitteln der Deutschen Forschungsgemeinschaft von der Stadt- und Universitätsbibliothek Frankfurt angekauft worden ist. Ein Vertrag legt fest, daß die Sammlung als Dauerleihgabe dem Universitätsinstitut zur Verfügung steht.»[30] Diese Sammlung umfaßt 408 Titel und rund 450 Bände.

Doch der Frankfurter Bucherwerb macht nur einen geringen Teil an der «Hobrecker Sammlung» aus. Die Hauptbestände befinden sich in Braunschweig, wohin sie während des Krieges in Sicherheit gebracht worden waren. Anfänglich lagen sie «in Kisten im Schloß Richmond und in der daneben errichteten ‹Akademie für Jugendführung› der HJ. Seit spätestens Juni 1946 befand sich die Sammlung in der Bibliothek der Pädagogischen Hochschule, der damaligen Kant-Hochschule, in Braunschweig. Sie soll der Bibliothek vom Alliierten Kontrollrat übergeben worden sein.

Ein Splitterbestand der Sammlung – etwa 450 Bände – gelangte nach 1949 in den Besitz des Neffen Hobreckers in Bochum. Diese Bände wurden im Jahre 1979 geschlossen an das Institut für Jugendbuchforschung in Frankfurt am Main verkauft [. . .].

In Braunschweig wurden in den ersten Nachkriegsjahren Teile der Sammlung in den Bestand der Bibliothek der Pädagogischen Hochschule eingearbeitet, wodurch die Sammlung in drei Teile getrennt wurde:

1. Ein geschlossen aufgestellter Bestand von ca. 5000 Bänden [. . .]. Der Schwerpunkt liegt im 19. Jahrhundert, wir finden hier aber auch die ca. 200 Titel, die vor 1800 erschienen sind.

2. Ein zusammenhängend aufgestellter Bestand von ca. 40 m Büchern, überwiegend Kinderliteratur des 19. und 20. Jahrhunderts [. . .]. Man findet in diesem Teil neben Büchern, die eindeutig der Sammlung Hobrecker zugeordnet werden können, auch Bücher der Provenienzen Reichsjugendbücherei, Akademie für Jugendführung und auch Pädagogische Hochschule (d. h. Käufe der Jahre nach 1945).

3. In den Jahren nach 1946 wurde eine nicht bekannte Anzahl von Büchern in den Buchbestand der Pädagogischen Hochschule eingearbeitet. Da die Bestände der PH systematisch aufgestellt waren, verschwanden Werke mit Tierillustrationen im Gebiet der Zoologie, Bü-

cher mit Blumenillustrationen bei der Botanik und Literatur geographischen Inhalts bei der Geographie. Hier ist ein weiterer Zuwachs durch neue Funde noch immer möglich [. . .].

Vorsichtige Schätzungen über den Umfang der heutigen Kinderbuchsammlung lassen die Annahme zu, daß die Universitätsbibliothek Braunschweig eine Sammlung von mindestens 10 000 Titeln besitzt. – Alle Bände der Sammlung Hobrecker kamen 1971 mit der Bibliothek der Pädagogischen Hochschule in das neuerrichtete Gebäude der Universitätsbibliothek. Doch auch damit war die Odyssee der Kinderbücher noch nicht beendet. Im neuen Haus zogen die Bücher noch dreimal um, bis sie ihren jetzigen Standort schließlich in einem gesonderten und verschließbaren Magazinraum fanden».[31]

Seit 1977 wird in Braunschweig an der Erschließung der «Sammlung Hobrecker» systematisch gearbeitet, Restaurierungsarbeiten einbegriffen. Man hofft, den Katalog bis 1983 abschließen zu können. «Er soll auch die in Frankfurt befindlichen 450 Bände sowie eine Bibliographie Hobreckers enthalten.»[32]

Die gesicherten Bestände der «Sammlung Hobrecker» in Braunschweig sowie in Frankfurt sind ein Vermächtnis an die Jugendbuchforschung.

Es bleibt zu hoffen, daß das von einem einzelnen geschaffene Werk Bestand hat, jederzeit jugendliterarischem Bemühen dienstbar bleibt und manche der Ziele verwirklichen hilft, die der «Gärtner am Lietzensee» als Wunsch aussprach.

Beiträge und Bücher, eine Bibliographie

«Ich bin kein Mann der Feder, kein zünftiger Schriftsteller»; diese liebenswerte Untertreibung im «Schlußwort» seines Buches über die «alten vergessenen Kinderbücher» hat Karl Hobrecker selbst widerlegt, und zwar nicht nur durch die 160 Seiten des Werkes, sondern ebenso durch eine beachtliche Zahl schriftstellerischer und editorischer Aktivitäten. Unter dem Eigengewicht der Sache mußten ständiger Umgang mit den von Jahr zu Jahr anwachsenden Materialien der Jugendliteratur sowie Erlebnisse und Erfahrungen, erworbene Kenntnis und gewonnene Übersicht den Sammler drängen, Einfluß auf das «literarische Gebiet» zu nehmen. Dieses Tun hatte für ihn doppelte Bedeutung: einmal verschaffte es Selbstbestätigung, zum andern bot es eine Möglichkeit, sich «durchzusetzen, entgegen mancher Verspottung».

Karl Hobrecker verfaßte für Zeitschriften, Zeitungen und verwandte Medien schriftstellerische Arbeiten unterschiedlicher Art. So beispielsweise seit 1925 die Katalog-Vorworte für die Antiquariate Weigel, Leipzig; Straub, Berlin; Graupe, Berlin u. a. – Unter den Aufsätzen finden sich Sammelrezensionen zeitgenössischer Kinderbücher, sowie literarpädagogische und volkskundliche Arbeiten, aber auch jugendliterarische Artikel von wissenschaftlicher Qualität. – «An Beiträgen in Zeitschriften für Erwachsene lieferte ich», so notiert Karl Hobrecker, «1924–1933, meist über Jugendliteratur, 23 größere Aufsätze.» – Eine Auflistung derartiger Einzelveröffentlichungen – sie erhebt keinen Anspruch auf Vollständigkeit – zeigt in ihrer chronologischen Folge das Ausmaß des Interessengebietes, dem sich der Autor verpflichtet hatte:

Ein Fund beim Fundevogel. Mit einer Beilage
Zeitschrift für Bücherfreunde. N. F. 5/6, 1923, S. 143–144.

Die Schicksale der Puppe Wunderhold
Daheim. 13/14, 1923, S. 14–15.

Zur Geschichte des Rätsels
Daheim. 28, 1924, S. 10–12.

Lebenserfahrungen in der Kinderstube.
Daheim. 45, 1923/24, S. 13–14.

Die Reineke Fuchs-Ausgaben mit den Bildern Ludwig Richters
Zeitschrift für Bücherfreunde. N. F. 6, 1924, S. 138–140.

Sprachscherze und Sprachreime
Daheim. 1, 1924/25, S. 13–14.

Theodosia und Wunibald. Ein Irrweg der Romantik
Daheim. 32, 1924/25, S. 14–15.

Grüße aus einer stillen Zeit
Velhagen & Klasings Monatshefte. 39. Jg., 1924/25, S. 405–411.

Neues aus Struwwelpeters Leben und Verwandtschaft
Daheim. 9, 1925/26, S. 16–17.

Der Humor im alten deutschen Bilderbuch
Westermanns Monatshefte. Heft 857, 1928, S. 537–546.

Buch und Jugend. Die Werbearbeit für das Jugendbuch
Tägliche Rundschau. Nr. 42, 18. 2. 1928.

Kinder- und Jugendbücher für die Ferienzeit
Tägliche Rundschau, 30. 6. 1928.

Aus Biedermeiers späteren Tagen
Daheim-Kalender. 1928, S. 49–55.

Kinderbuchsammlers Leiden und Freuden
Philobiblon. 5, 1932, Beilage 4.

Ausflug nach Liliput
Daheim-Kalender. 1932, S. 14–15.

Das Kinderbuch als Vermittler. Eine Weihnachtsplauderei
Bautzener Nachrichten. Unterhaltungs-Beilage. Nr. 51, 19. 12. 1932.

Der Teufel im Kinderbuch
Gartenlaube. 8, 1932, S. 158–159.

Weltliteratur im deutschen Kinderbuch
Imprimatur. Heft 4, 1933, S. 99–115.

Hey-Speckters Fünfzig Fabeln. Nebst einem ernsthaften Anhange
Zeitschrift für Bücherfreunde. X/XI, 1933, S. 187–191.

Die neue Reichsjugendbücherei
Das junge Deutschland. Jg. 27 (1933), S. 252–255.

Von der Arbeit der Reichsjugendbücherei
Reichs-Jugend-Pressedienst. Nr. 36/1934, 14. 4. 1934, Blatt 1–3.

Die neue Reichsjugendbücherei
Börsenblatt für den deutschen Buchhandel. Nr. 164/1934, 17. 7. 1934, S. 640–641.

Die ersten Ausgaben unserer klassischen Kindermärchen
Der Türmer. 3, 1935, S. 201–207.

Bilderbuch – Jugendschrift
Stichwortartikel. In: Löffler/Kirchner: Lexikon des gesamten Buchwesens. Leipzig 1936. Bd. I, S. 216; Bd. II, S. 188 f.

Verwandlungsbilder
Westermanns Monatshefte. Heft 976, 1937, S. 227–280.

Die glückliche Familie. Die Leselampe bescheint eine Welt der Phantasie
Berliner Lokal-Anzeiger. 2. Beiblatt, Nr. 302, 18. 12. 1937.

Das Kinderbuch. Geschichtliche Entwicklung und Forderungen der Zeit
Die Buchbesprechung. 2, 1938, S. 239–244.

Unter den Buchausgaben, die Karl Hobrecker besorgte, erscheinen zunächst vier «in ihrer Gründlichkeit und Vollständigkeit bis heute unübertroffene Bibliographien».[33] – Dann folgt unmittelbar nach «Alte vergessene Kinderbücher» die Anthologie «Der Guckkasten» mit dem Vermerk: «Texte und Bilder wurden der Sammlung Hobrecker entnommen.» – Unter den Editionen der 20er Jahre haben Bilderbücher den Vorrang. Den «Struwwelpeter» gibt es gleich zweimal: als Glosse auf ein neues Medium und in der Urform, zu deren Wiedergabe «Herr Karl Hobrecker in Berlin und die Frankfurter Stadtbibliothek die in ihrem Besitz befindlichen Exemplare» zur Verfügung gestellt hatten. – Neben Einzelausgaben betreute Hobrecker auch Buchserien. Für die Zeit von 1928 bis 1933 nennt er in seinen Lebenserinnerungen zuerst eine «Hausbücherei, etwa 350 Bändchen erneuerte gute Texte aus alter Zeit». Im Auftrage der Union Deutsche Verlagsgesellschaft, Stuttgart, betreute er innerhalb der «Union-Jugendbücherei» insgesamt 20 «klassische Jugendbücher», u. a. Ch. F. Gellert, «Ausgewählte Fabeln und Erzählungen»; «Stanleys Reise durch den dunklen Erdteil»; «Onkel Toms Hütte»; Ch. A. Murray, «Prärievogel»; Ferry, «Der Waldläufer»; J. H. Campe, «Robinson der Jüngere». – Die durch Hobrecker herausgegebenen Märchenbücher würdigt Irene Dyhrenfurth in einem Überblick: «Aus der Fülle der Märchenausgaben seien zunächst die neuen Ausgaben der Grimmschen Märchen genannt. Nach der Gesamtausgabe mit den Illustrationen von Otto Ubbelohde besorgte Karl Hobrecker 1935 einen Auswahlband der Kindermärchen. Eine vorzüglich ausgestattete und mit den frischen Zeichnungen von Fritz Kredel versehene Auswahl brachte der Insel-Verlag 1936 heraus. Die Reihe der preiswerten Märchenausgaben des Verlages Knaur, die durch die einfallsreichen und malerischen Bilder von Ruth Koser-Michaels eine besondere Note erhielten und zu einem großen Erfolg wurden, begann 1937 mit Grimmschen Märchen. Es folgten die von Andersen (1938), von Hauff (1939) und eine Auswahl derjenigen Bechstein-Märchen, deren Varianten nicht bei den Brüdern Grimm zu finden sind, nebst einer reichhaltigen Zusammenstellung der Bechsteinschen Volkssagen. Alle diese Ausgaben, die dazu beitragen, Märchengut in sorgfältigen billigen Ausgaben zu verbreiten, besorgte Karl Hobrecker.»[34] – In diesem Zusammenhang sei noch erwähnt, daß 1942 auf der Kulturkundgebung der europäischen Jugend in Weimar der «Jugendbuchpreis von Weimar», eine Stiftung des Reichsjugendführers Baldur von Schirach, verliehen wurde. Prämiiert wurden die besten Leistungen in den drei Buchgruppen Bilder- und Kinderbücher, Jungen- und Mädelbücher, Erlebnisbücher und Bücher über das Zeitgeschehen. Den Preis der ersten Buchgruppe erhielt Karl Hobrecker für eine Bearbeitung der «Märchen der Gebrüder Grimm».[35]

Auffallend in der hier folgenden Bücherliste – auch sie erhebt keinen Anspruch auf Vollständigkeit – ist, daß es Karl Hobrecker bis in die Jahre des Zweiten Weltkrieges hinein gelang, Jugendschriften herauszubringen, die alle an «alte vergessene Kinderbücher» erinnern.

Lothar Brieger
Theodor Hosemann
Ein Altmeister Berliner Malerei
Mit einem Katalog der graphischen Werke des Künstlers von Karl Hobrecker
München: Delphin Verlag 1920.

F. H. Ehmcke
Otto Speckter
Mit einer Bibliographie von Karl Hobrecker, 2 Bildnissen des Künstlers und 104 Abbildungen nach dessen Werken auf 64 Tafeln
Berlin: Furche Verlag 1920.

Johann Friedrich Hoff
Adrian Ludwig Richter
Maler und Radierer
Verzeichnis seines gesamten graphischen Werkes, von Grund aus neu gearbeitet, sehr vermehrt und mit neuen Abschnitten bereichert, unter Mitwirkung von Eugen Born, Karl Hobrecker, Walther Hoffmann, Otto Martin
Herausgegeben von Karl Budde
Zweite Auflage
Freiburg: G. Ragoczy's Universitätsbuchhandlung 1922.

Bruno Golz (Hg.)
Otto Speckter
Neunundzwanzig Bilder auf dreizehn Tafeln
Mit einführendem Text von Dr. Dirksen und einer Bibliographie von Karl Hobrecker
Hamburg: Hanseatischer Kunstverlag 1925.

Karl Hobrecker
Alte vergessene Kinderbücher
Berlin: Mauritius Verlag 1924.

Der Guckkasten
Kinderglück in Wort und Bild
Für Alt und Jung zusammengestellt
Mit über 80 Bildern
Bremen: Carl Schünemann 1925.

Das Rapunzelbuch
Eine Auswahl der schönsten deutschen Volksmärchen
mit 8 farb. Bildern von C. Offterdinger
Berlin: W. Kube 1925.

Rundfunk-Struwwelpeter
Zeichnung nach H. Hoffmann von M. Avierinós
Oldenburg: Gerhard Stalling 1926.

Wer will mir mit frischen Backen
Diese schönen Nüsse knacken?
Ein Bilderbuch mit alten Kinderrätseln
Bilder von Helmut Skarbina
Oldenburg: Gerhard Stalling 1926.

Sause Kreisel sause
Kinderspiele in Bildern von Elsa Eisgruber und Versen
Berlin: Herbert Stuffer 1926.

Kommt herbei
Suchen wir das Osterei
Drei Osterlieder
Bilder von Herbert Skarbina
Oldenburg: Gerhard Stalling (1927).

Der Struwwelpeter
in seiner ersten Gestalt
Insel-Bücherei Nr. 66
Leipzig: Insel-Verlag 1932.

Das goldene Kinderbuch
Kurzweilige Erzählungen und Schwänke
Herausgegeben von Karl Hobrecker und Else Steup
Reutlingen: Enßlin & Laiblin 1939.

Schlupp, der böse Hund
Ein Kinderbilderbuch
Text nach alten Vorlagen von Paul Alverdes
Mit farbigen Bildern von Wolfgang Felten
Potsdam: Rütten & Loening (1940).

Wer will mir mit frischen Backen
Diese schönen Nüsse knacken?
Das Rätsel-Bilderbuch
Mit Bildern von Helmut Skarbina
Oldenburg: Gerhard Stalling 1941.

Robert Reinicks Märchen, Lieder und Geschichten
Neu durchgesehen und herausgegeben von Karl Hobrecker
Mit 9 farbigen Einschaltbildern und zahlreichen Textabbildungen
Bielefeld und Leipzig: Velhagen & Klasing 1941.

Lieder und Bilder für Kinder
Volksmund und Volkskunst aus der Zeit Ludwig Richters
Mit vielen Bildern von Richter, Schwind, Kaulbach, Bürkner und anderen
Bielefeld und Leipzig: Velhagen & Klasing 1944.

Das Rätselwäglein
für Jung und Alt mit Volksgut beladen
Hemer: Buchhandlung Max Schirmer (1948).

Bestimmender Bezugspunkt für alle aufgeführten Titel bleibt jedoch das Werk des Jahres 1924, Zeugnis der «Lebensleistung Karl Hobreckers, der mit seinen ‹Alten vergessenen Kinderbüchern› zum erstenmal das gesamte Material der verschollenen deutschen Kinderliteratur überschaubar machte».[36]

Anmerkungen

1 1898/99 war in London ein ähnlicher Titel erschienen: Pages and Pictures from *Forgotten Children's Books* Brought Together and Introduced to the Reader by Andrew W. Tuer.

2 Benjamin, Walter: *Über Kinder, Jugend und Erziehung*. Frankfurt/Main 1969, S. 42.

3 Herr Oberbergrat a. D. H. Hobrecker in Bochum, ein Neffe Karl Hobreckers, hat mich in meiner Arbeit bereitwillig und auf mancherlei Weise unterstützt, nicht zuletzt auch durch die vermittelten biographischen Unterlagen aus der «Familienchronik». Für die freundliche Hilfe danke ich sehr herzlich.

4 «Heimatnachrichten» aus Hemer, 20. 11. 1964.

5 Entnommen einem Prospekt des Mauritius-Verlages, Berlin (um 1925).

6 Der biographische Text wurde der «Familienchronik Hobrecker» entnommen, vgl. Anm. 3.

7 Auszug aus einem Brief (12. 3. 1981) von Herrn Buchhändler i. R. Wilfried Bökenkamp in Bielefeld, dem ich für manche Information sowie für die Möglichkeit, seine Hobrecker-Akte benutzen zu können, besonderen Dank schulde.

8 Hobrecker, Karl: *Katalog des graphischen Werkes Th. Hosemann*. In: Brieger, Lothar: Theodor Hosemann. München 1920, S. 132.

9 Hobrecker, Karl: *Bücher mit Wiederholungen Richter'scher Bilder*. In: Hoff, Joh. Friedr./Budde, Karl: Adrian Ludwig Richter. Freiburg 1922, S. 396.

10 Düsterdieck, Peter: *Die Sammlung Hobrecker*. In: Die Schiefertafel. Hamburg 1/1980, S. 34.

11 Zeitschrift für Bücherfreunde. 5/1932, S. 117.

12 1. «N. Z.»-Beilage, 23. 10. 1932 (Beleg bei Wilfried Bökenkamp).

13 Philobiblon. Wien 10/1932, S. 377.

14 Weismantel, Leo: *Ueber die geistesbiologischen Grundlagen des Lesegutes der Kinder und Jugendlichen*. Augsburg 1931, S. VII.

15 Merz, Velten: *Fronemann, Wilhelm*. In: Doderer, Klaus (Hg.): Lexikon der Kinder- und Jugendliteratur. Bd. I. Weinheim 1975, S. 422. – Hobrecker hat mit Vertretern der zuständigen Mainzer Stellen (Institut und Stadt) ausführliche Besprechungen geführt. Unter Bezug darauf unterbreitete er dem Vorstand des Instituts für Völkerpädagogik am 5. 3. 1933 ein vertragliches Anerbieten in fünf Punkten mit der drängenden Bitte, «baldgefälligst seine Entscheidung zu treffen. Mein Angebot kann ich nur bis zum 31. März aufrecht erhalten, damit ich meinen hiesigen Mietvertrag rechtzeitig lösen kann». (Entsprechende Unterlagen im Besitz von Herrn H. Hobrecker, Bochum.)

16 So ist im Vorspann des Artikels «Die neue Reichsjugendbücherei» (Das junge Deutschland, Jg. 27 (1933), S. 252–255; Börsenblatt für den Deutschen Buchhandel, Nr. 164, 17. 7. 1934, S. 640/41) zu lesen. – Abweichend davon meldete die «Volksbildung» im 63. Jg. 1933, S. 302: «Die größte Jugendbücherei, die Hobreckersche Jugendbücherei, die 12 000 Bände umfaßt, wurde von den Besitzern der Reichsjugendführung geschenkt. Der Schöpfer der Sammlung wird diese auch weiterhin betreuen.»

17 Düsterdieck, vgl. Anm. 10, S. 30.

18 Über den Reichs-Jugendpressedienst, Nr. 36, legte Karl Hobrecker am 14. 4. 1934 einen ersten Bericht «Von der Arbeit der Reichsjugendbücherei» vor. Auch hier versäumt er nicht, seine persönlichen Verdienste um diese «umfassende Kinder- und Jugendbuchsammlung» deutlich auszusprechen: «. . . Nur lange Erfahrung vermittelt solche Übersicht.»

19 Vgl. Anm. 16.

20 Deutsche Allgemeine Zeitung/Frauenbeilage, 16. 1. 1938.

21 Hobrecker-Autobiographie, vgl. Anm. 3.

22 Rümann, Arthur: *Alte Deutsche Kinderbücher*. Wien 1937, S. 7.

23 Dyhrenfurth-Graebsch, Irene: *Geschichte des deutschen Jugendbuches.* Hamburg 1951, Vorwort.

24 Brief Karl Hobreckers vom 12. 3. 1937 an Wilfried Bökenkamp (Auszug).

25 Hobrecker-Brief vom 1. 4. 1937 an Wilfried Bökenkamp (Auszug).

26 Brief Wilfried Bökenkamps vom 12. 8. 1963 an den Kinderbuchsammler Walter Schatzki (Auszug).

27 Mitteilung v. H. Hobrecker, vgl. Anm. 3.

28 Brief vom 9. 7. 1949 (Auszug). Das Schreiben ist im Besitz von H. Hobrekker, Bochum.

29 Vgl. Anm. 23.

30 Pressemitteilung des Instituts für Jugendbuchforschung, Frankfurt, im November 1979.

31 Düsterdieck, vgl. Anm. 10, S. 30 ff.

32 Ebd., S. 33.

33 Müller, Helmut: *Hobrecker, Karl.* In: Doderer, Klaus (Hg.): Lexikon der Kinder- und Jugendliteratur. Bd. I. Weinheim 1975, S. 547.

34 Dyhrenfurth-Graebsch, vgl. Anm. 23, S. 289.

35 Vgl. Aley, Peter: *Jugendliteratur im Dritten Reich.* Gütersloh 1967, S. 74 f.

36 Riemerschmidt, Ulrich: *Der kleine Lustgarten.* Aus Kinderbüchern des 18. und 19. Jahrhunderts. Köln 1962, S. 125 f.

Alte Kinderbücher

Ludwig Bechstein's Märchenbuch
Nach der Ausgabe von 1853
174 Holzschnitte
von Ludwig Richter
280 Seiten, 9,80 DM
Band Nr. 5

Wilhelm Hey
Funfzig Fabeln für Kinder
Nach der Ausgabe von 1833
Nachwort von Walter Scherf
50 Tafeln von Otto Speckter
166 Seiten, 9,80 DM
Band Nr. 28

Johann Amos Comenius
Orbis sensualium pictus
Nach der Ausgabe von 1658
Nachwort v. Heiner Höfener
405 Seiten, 172 Abb.
14,80 DM
Band Nr. 30

Robert Reinick
ABC-Buch für kleine und große Kinder
Nach der Ausgabe von 1876
Nachwort von Ulrike Bessler
178 Seiten, 27 Tafeln
6,80 DM
Band Nr. 31

Wilhelm Hey
Noch funfzig Fabeln
Nach der Ausgabe von 1837
Nachwort von Walter Scherf
50 Farbtafeln v. O. Speckter
150 Seiten, 12,80 DM
Band Nr. 52

Joachim Heinrich Campe
Robinson der Jüngere
Nach der Ausgabe von 1860
Anhang von Reinhard Stach
46 Holzschnitte
von Ludwig Richter
352 Seiten, 14,80 DM
Band Nr. 55

Georg Scherer (Hrsg.)
Alte und neue Kinderlieder
Nach der Ausgabe von 1849
Herausgegeben v. H. Göbels
80 Abb. von W. v. Kaulbach,
Ludwig Richter u. a.
207 Seiten, 7,80 DM
Band Nr. 65

Friedrich Güll
Kinderheimath
Nach der Ausgabe von 1836
Herausgegeben v. H. Göbels
10 Radierungen von J. Nisle
212 Seiten, 8,80 DM
Band Nr. 71

Joachim Heinrich Campe
Abeze- und Lesebuch
Nach der Ausgabe von 1830
Herausgegeben v. H. Göbels
273 Seiten, 25 farbige Abb.
12,80 DM
Band Nr. 78

A. G. Eberhard
Hanchen und die Küchlein
Nach der Ausgabe von 1840
Herausgegeben v. H. Göbels
10 Abb. von Otto Speckter
222 Seiten, 9,80 DM
Band Nr. 80

Hans Christian Andersen
Gesammelte Märchen
Mit Illustrationen
von Vilhelm Pedersen
Herausgegeben v. H. Göbels
518 Seiten, 125 Abb.
14,80 DM
Band Nr. 89

F. E. von Rochow
Der Kinderfreund
Ein Lesebuch zum Gebrauch
in Landschulen
Nach der Erstausgabe
von 1776
Herausgegeben und mit
einer illustrierten
Bibliographie versehen
von Hubert Göbels
207 Seiten, 55 Abb.
12,80 DM
Band Nr. 96

Friedrich Justin Bertuch
Bilderbuch für Kinder
Eine Auswahl
Herausgegeben v. H. Göbels
189 Seiten, 80 Farbtafeln
16,80 DM
Band Nr. 101

Christoph von Schmid
Zweiundfünfzig Bilder für die Jugend
Nach der Ausgabe um 1830
Herausgegeben v. H. Göbels
128 Seiten, 52 Tafeln
9,80 DM
Band Nr. 107

Johannes Andreas Christian Loehr
Erstes Bilder- und Lehrbuch
Nach der ersten Ausgabe
um 1805
Illustrationen von
Johann St. Capieux u. a.
Herausgegeben v. H. Göbels
224 Seiten, 50 Farbtafeln
14,80 DM
Band Nr. 111

Jacob Eberhard Gailer
Neuer Orbis pictus für die Jugend
Nach der viersprachigen
Ausgabe von 1835
Herausgegeben v. H. Göbels
Dünndruckausgabe
1056 Seiten, 322 Abb.
24,– DM
Band Nr. 116

Hubert Göbels
Hundert alte Kinderbücher aus dem 19. Jahrhundert
Eine illustrierte Bibliographie
461 Seiten, 300, teilweise
farbige Abb., 28,– DM
Band Nr. 123

Klaus Groth
Vaer de Gaern
Kinderreime alt und neu
Nach der Erstausgabe
von 1858
Herausgegeben v. H. Göbels
52 Illustr. v. Ludwig Richter
138 Seiten, 7,80 DM
Band Nr. 135

Cürieuse Bilder-Bibel
Nach der Ausgabe von 1806
Herausgegeben v. H. Göbels
149 Seiten, zahlreiche
farbige Abb., 16,80 DM
Band Nr. 139

Bilder zum ersten Anschauungsunterricht für die Jugend
Nach der Ausgabe von 1889
Herausgegeben v. H. Göbels
158 Seiten, 60 Farbseiten
14,80 DM
Band Nr. 155

Neu erfundener Lustweg zu allerley schönen Künsten und Wissenschaften
Nach einer Kupferstichausgabe des 18. Jahrhunderts
Herausgegeben v. H. Göbels
150 Seiten, zahlreiche,
teilweise farbige Abb.
12,80 DM
Band Nr. 159